U0056325
姬柊雪菜
「劍巫」Swords- Shaman
獅子王機關的嬌柔監視者

叶瀨夏音
「模造天使」 Faux - Angel
國中部的仁慈聖女
妮娜・亞迪拉德
「古時的大鍊金術師」
The Great Elder Alchemist
臻至鍊金最高境界的不滅金屬生命體

亞絲塔露蒂
「人工生命體」Homunculus
供眷獸寄宿的純淨人偶

瑟蕾絲妲・夏緹
「邪神的新娘」Bride Of Evil Deity
來自異邦的神王宿體

吉拉・雷別戴夫
「幻影使用者」Vampire Of The Phantom
戰王領域的端雅黑暗貴公子
特畢亞斯・加坎
「魔眼使用者」Vampire Of The Evil Eye
戰王領域的剛烈火焰貴公子

Contents

噬血狂襲

STRIKE THE BLOOD

10 玄冥神王的新娘

三雲岳斗

illustration マニャ子

Kadokawa Fantastic Novels

序章 Intro

世界染成了白茫。

濃霧籠罩著傍晚的森林。

雪花從陰霾的天空飄落，將景色逐步塗成純白。

在那樣寒冷的積雪路上有一道腳步蹣跚的人影。

是個約莫六七歲的年幼少女，長相標緻的女孩。

她那受淡淡陽光照耀的臉頰和小巧嘴唇間冒出的氣息同樣呈白色。

儘管穿在身上的寬鬆大衣不合身，那模樣還是很可愛。

然而少女緊閉著唇的臉龐卻少了和年紀相應的純稚。

她不顧指頭受凍的痛，默默地持續走著。不表露情緒的大眼睛看上去就像是精美的玻璃工藝品。

牽著面無表情的少女的人是個身穿巫女裝束的年輕女子。

女子留意著年幼少女的體力，果斷地在傍晚視野不清的山路上前進。她揹在肩膀上的是一個和巫女裝束並不搭調的黑色樂器盒。

兩人沒有交談，在下個不停的細雪中一路前進。

不知道她們就這樣走了多久——

終於，女子在半路停下腳步。

她似乎察覺到逼近而來的邪氣，回頭看了她們的背後。

受益於隨風飄落的新雪，她們倆並沒有留下足跡，要循著氣息找來應該也有困難。即使如此，女子仍明確感受到有人追上來了。

「沿著這條路直直走會有一間神社。妳去吧——我來攔住他們。」

巫女打扮的女子蹲下來望著少女的眼睛，溫柔地告訴她。

在這個瞬間，少女始終缺乏情緒波動的眼裡才首度浮現不安之色，纖細的手指施力，彷彿不想放開女子的手。

少女這樣的反應讓巫女打扮的女子溫柔地露出笑容。

少女擁有出色的靈視能力。或許在剛才那一瞬間，她已經看見了等在後頭的命運。

「是妳的話，就算一個人也不會有事。把這個帶去，這是護身符。」

女子說完便折了旁邊的矮木樹枝，將那輕輕放在少女穿著的大衣胸口上。

小樹枝長著刺棘般的葉片以及成熟的紅色果實。那是被認為具驅魔力量的冬青（姬柊）樹枝。女子運用僅剩的咒力在那上面施了法術。這速成的護身符應該會引導少女，引導她到高神之杜的結界——

「獅子王機關會保護妳。快去。」

巫女打扮的女子語氣堅定地告訴少女，並且朝自己背後的盒子伸出手。

結果，裝在盒子裡的是武器——以銀色金屬鍛造成形的薙刀。殘留無數缺口的刀身道出她們經歷的戰鬥有多慘烈。

女子推了少女的背。少女咬緊著脣，一語不發地拔腿就跑。

儘管少女好幾次被雪絆住腳，還是拚命地繼續跑。

狂風吹亂她的頭髮，落下的眼淚凍成白色。

雪越下越大——

✝

盛夏的森林——

那是一片炎熱的熱帶雨林。

空氣悶熱潮濕，陽光強烈。

叢生的群樹籠罩地表，排斥外來的入侵者。色彩繽紛的鳥兒飛於天空，地面覆滿落葉，尋求屍肉的蟲四處爬動。

空氣裡充滿成熟果實及不知名的絢爛花朵散發出的芬芳，還有硝煙及火的氣味。生與死的氣息鮮明顯露，濃烈地滲入整座叢林。

她從古老的石砌祭壇上望著那幕景象。

小小神殿隱藏在叢林深處，有個少女被綁在位於神殿中央的祭壇上。

細緻的褐色肌膚；蜂蜜色頭髮；留有稚氣的美麗臉孔；用純金點綴的豪華衣裳，感覺也和神殿支配者的身分相稱。

可是，她的表情卻因恐懼與絕望而僵凝。

大量鮮血占滿少女的視野。原本應該守護著神殿的神官們成了死狀悽慘的屍首，堆在少女身邊。

殘殺眾神官的人是一群穿軍服的士兵。

他們行動有序地征服了神殿，湧入少女所在的祭壇之室。

少數倖存的神官曾拚命抵抗，但那顯然沒有幫助。配備強大軍械及魔法的幾個士兵使神官們無從抵抗地遭到蹂躪。

自己非逃不可——少女心想。

然而少女動不了。她全身僵硬得有如石塊，無法靠自己的意志動一根指頭。少女連眼皮都閉不了，只是茫然望著映於眼前的慘劇。

不久，攻擊神殿的其中一名士兵發現了她。

士兵手握專門對付魔族的粗獷步槍，朝祭壇走近。

於是，步槍的槍口指向少女胸口。

就在隨後，一道有著金黃毛色的靈敏身影伴隨著怒吼衝了過來。

「無禮之徒——！」

身影的真面目是魔族——身穿神官服裝的豹頭獸人。趕來祭壇以前，他應該經歷了一場惡鬥。獸人的兩條手臂被血濺得濕漉，而且本身也受了無數的傷。

「別碰那一位，侵略者！」

「——！」

察覺獸人接近的士兵立刻將槍口調換方向，不過獸人的攻勢比他快。壓倒性膂力發威，士兵的頭被掄向祭壇的牆壁。

士兵所戴的頭盔發出令人發毛的聲響四分五裂。

這一擊猛烈得即使將頭蓋骨直接打爛也不奇怪。遭受獸人傾全力痛毆，正常人不可能活下來。

儘管如此，士兵仍不停下動作，反而平靜地笑了。

他扯掉碎裂的護目鏡，滿臉是血地獰笑著。察覺這一點的獸人表情僵住了。於是在雙方緊挨著彼此的形勢下，士兵以步槍連續開火。

「咕喔——」

獸人的嘴邊湧出血團。士兵朝彈到祭壇附近的獸人毫不留情地多賞了一頓子彈。

眼前展開的壯烈死鬥讓少女的意識被絕望吞沒。即使如此她仍動不了。少女既無法出聲尖叫也無法別開視線，唯有逐漸受恐懼支配。

維持不了獸化狀態的獸人變成了受創的老人模樣。

縱使魔族的痊癒力高人一等，受了這麼重的傷早晚要喪命。別說戰鬥了，就連起身都不可能。

士兵確認過這一點，緩緩起身，然後再度把槍指向祭壇上的少女。

「——覺醒吧——」

士兵皺起其半毀的面容，吐露出奇特語句。少女像人偶一樣，依然愣著注視那幕感覺不真實的光景。

「覺醒吧，薩薩拉瑪丘！」

士兵扣在扳機上的指頭施了力。這次少女確切覺悟自己會死。

然而她所害怕的衝擊並沒有來襲。

因為指著少女的步槍連同士兵舉著槍的手臂，毫無預警地一起消失了。

「什麼！」

士兵冒出驚愕之語。

這樣的他全身遭到銀色光芒纏繞。

光芒的真面目是蛇。長著銳利獠牙的無數條蛇不出聲響地纏住了士兵全身。等他察覺時，一切都已經結束了。

士兵遭到數不清的蛇活生生啃食，身軀就此消失。

所有過程發生在一瞬間。將士兵全身啃食殆盡的蛇群連一滴血都沒灑出來，然後就和出現時一樣溶入虛空消失了。

少女放鬆緊繃的身體，倒在祭壇上。

她耳裡聽見的是一陣毫無緊張感的優雅腳步聲，接著則是和現場不搭調的輕浮嗓音。

「——真是丟臉呢，族長大人。居然讓這種粗俗的分子入侵聖域，薩薩拉瑪丘的神官也算淪落了。」

穿過神殿長廊走來的人是個模樣和熱帶雨林不相稱，穿著純白三件式(Three Piece)西裝的年輕男子——金髮碧眼的俊美青年。

青年低頭看了穿著神官服裝、倒在血泊中的老人，同情似的笑著。

「是迪米特列．瓦特拉啊……沒想到……居然得靠你。」

老人痛苦地撐著一口氣，自嘲似的細語。

青年面帶苦笑搖了搖頭，默默望著這樣的老人。

神殿周遭的戰鬥似乎在不知不覺中結束了，已經聽不見槍聲。唯有瀰漫於空氣中的屍臭感覺更濃了一些。

「……那些傢伙……呢？」

老人斷斷續續地問。

瓦特拉瞥向神殿外面，輕鬆地搖了頭。

「我的部下將他們制服了。不過你那些保護聖域的族人全滅了喔。很遺憾。」

「這樣啊……」

咳嗽的老人從喉嚨溢出鮮血。他已經命在旦夕。

老人擠出最後的餘力，無助地伸出手朝向祭壇上的少女——

「拜託你……瓦特拉……將那一位帶離這裡……帶新娘走……」

他沙啞地留下這句話後才終於斷氣。

瓦特拉面無表情地望著老神官臨終的模樣。

爆炸聲傳來，神殿隨之搖晃。大概是士兵們安裝的炸彈啟動了。

石柱倒塌，整座神殿陷入火海。

金髮碧眼的貴族青年以眩目火焰為背景，抬頭睥睨躺在祭壇上的少女。

少女被青年俊美而恐怖的模樣吸引住目光，不出聲地嘀咕：

「迪米特列……瓦特拉……」

第一章 火種
The Premonition

1

「欸，古城，那個女生不就是──」

「咦？」被藍羽淺蔥叫住的曉古城轉眼看去。

十二月的第三週。寒假前夕，最後一天上學的日子。

在有些浮躁的忙碌氣氛中，彩海學園的學生上完下午煩悶的課，開始魚貫離開學校。

有個少女獨自站在校門前，像是在抵抗那股人潮。

她是穿著白色一件式水手服的小學生。

顏色明亮的細柔髮絲和疑似學校規定戴的扁帽十分搭配。長得有副大人樣的可愛少女讓人聯想到脾氣難伺候的貓咪。

她一發現古城正要放學回家的身影，就睜著大眼睛燦爛地笑了。

然後少女客氣地揮揮手，踏著碎步朝古城他們趕了過來。

「古城先生！」

「結瞳？妳在等我？」

古城訝異地留步。

少女的名字叫江口結瞳。距今大約一個星期前，古城等人在名為「蔚藍樂土」的度假設施與她相識。他們在結瞳擁有的「夜之魔女（莉莉絲）」力量差點被利用時順勢救了她。

從那以後，結瞳就對古城格外親暱，偶爾還會親暱得讓人懷疑是不是太超過了些。淺蔥會對結瞳存有戒心，原因也是出在她這樣的態度。

「對不起。因為轉學手續結束得快，我才多了一點時間能過來……給你添麻煩了嗎？」

結瞳捂著扁帽，有些不安地問了。

「呃，倒不會添麻煩啦——」

古城連忙搖頭，不過他的額頭上微微冒出冷汗。

畢竟現在剛放學，大門前人擠人。

在那裡等著古城的可愛小學生顯得異常醒目。當然，古城受結瞳愛慕的模樣也極為吸引旁人目光。

話雖如此，古城總不能趕走結瞳，只好閃爍其詞地敷衍過去。

「對對對，才不是妳害的啦。原因是出在素行不良的古城身上。別介意啦，結瞳仔。」

待在古城旁邊的矢瀨基樹說著，粗魯地摸了摸結瞳的頭。

結瞳則揮開矢瀨的手，不滿似的鼓著臉頰整理好被他弄亂的帽子。

「請不要擅自幫人家取奇怪的綽號。還有被你裝熟亂摸也很令人不愉快。」

「唔……」

這小鬼——矢瀨不禁歪嘴嘀咕。

想規勸幾句的淺蔥對結瞳和古城插嘴問道：

「轉學手續……？那妳穿的那套衣服，該不會——」

「啊，是的。這是天奏學館的制服。」

結瞳看來有些得意地說。她會來彩海學園，恐怕是想搶先讓古城看自己的新制服吧。

「天奏學館？記得那裡標準分數亂高一把的吧？」

古城佩服似的呼氣。天奏學館位於人工島西區，是小中高一貫教育的明星學校。和學生大半是普通人的彩海學園不同，天奏學館多的是登錄為居民的魔族。據說當中還有貴族級的吸血鬼、高階種族的獸人子女在那裡就讀，其他學生也都擁有不錯的家世或成績，屬於完全住宿制的超級千金學校。

「是啊。不過我是因為有人工島管理公社和魔族綜合研究院的推薦才入學的。多虧那邊那個沒禮貌的人的哥哥，我的生活也受了他們照顧。」

結瞳說完便敷衍地向矢瀨低頭行禮。沒禮貌的是妳啦——矢瀨指著結瞳咕噥。古城一臉納悶地望著朋友那張臉問：

「啊，對喔。記得矢瀨家的大哥也有在魔綜研工作嘛？」

「沒錯，所以我才叫基樹幫忙推薦。如果是結瞳，我想肯定可以被選為魔族保護教育方案的卓越學生。」

淺蔥有些得意地挺胸回答。

矢瀨基樹的哥哥幾磨是跳級從北美聯盟(NAU)畢業的秀才。儘管年紀才二十過半，就在人工島管理公社擔任要職。由於淺蔥是矢瀨的青梅竹馬，和幾磨也互相認識。

在「魔族特區」絃神島有專為無依魔族設計的豐富福利政策。

魔族綜合研究院的獎助學生制度就是其一。既然結瞳身為世界最強的夢魔(Succubus)，當然符合其資格。至少在絃神島上，往後她都不必為生活煩惱才對。

「哎，沒什麼不好啦。反正幾磨那傢伙的信條是有利用價值的東西就利用。既然對象是結瞳仔，他應該會細心照料吧。」

矢瀨隨口嘀咕。欠親哥哥人情大概讓他頗不情願，那張臉看來有說不出的嘔。被矢瀨用奇怪綽號稱呼的結瞳也一樣繃著臉。他們倆是合得來還是合不來，實在讓人摸不著頭緒。

古城無奈地聳了聳肩，低頭看著結瞳說：

「這樣啊……總之，真是太好了。這樣妳就可以光明正大地留在絃神島了吧？」

「是的。所以請你要等我喔！」

結瞳眼睛閃亮亮地仰望古城。

那純真率直的視線讓古城莫名地嚇住了。

「咦？妳要我等什麼？」

「古城先生不是跟我約好了嗎？你說過要讓我一輩子過得幸福。雖然離我可以結婚的年齡還要再等五年……」

結瞳摸了摸自己左手的無名指，忸忸怩怩地紅著臉嘀咕。淺蔥在旁邊聽到這段話，頓時臉色緊繃。

「等……等一下！不是啦！呃，雖然妳沒說錯，可是我並不是那個意思——」

古城顯露出焦慮之色。為了封印近似詛咒的「夜之魔女」靈魂，結瞳本來打算尋死，而救了結瞳的正是古城保證要讓她幸福的一句話。只不過那句話傳達給結瞳的形式和古城的用意差很多就是了——

古城想解開誤會的說詞並沒有傳到已經進入自己的世界的結瞳耳裡。她在胸前握起小小的拳頭，毅然宣言：

「我也不會一直當一個小朋友，我會努力！」

「不用努力！妳保持普通就好！」

古城拚命想說服結瞳，放學路過的陌生女學生們頻頻為之側目。她們刺在古城背後的視

線及竊竊私語的聲音，使他的胃開始叫痛。

連理應知道事情經過的淺蔥也賞了古城白眼說：

「古城……那是不是代表你果然偏愛年紀小的小女生……！」

「為什麼會變那樣！妳不要惡意解讀啦！」

古城忍不住泛淚對淺蔥大吼。儘管淺蔥露出了安心的臉色，卻還是掩飾不了眼裡的疑慮。看不下去的矢瀨格格發笑，打斷他們兩個說：

「好啦好啦，在這種地方站著講話也不方便，我們找個安靜的地方吧。」

「嗯，我是沒關係啦，不過結瞳可以嗎？妳那邊有沒有門禁之類——」

「是的，我不要緊。只要能和古城先生在一起，任何地方我都去。」

結瞳說完就貼到了古城的旁邊。淺蔥看見她那樣，臉色又更加鐵青了。矢瀨看似興奮地將臉湊向古城說：

「喂，古城……她說願意跟你到任何地方。耐人尋味喔。去哪裡都可以耶！」

「你不要自己深入解讀！真是夠了！」

「不，我願意去！我會努力的！」

「跟妳說過不用努力啦！」

古城仰望頭上的整片藍天咕噥：饒了我吧。

總之，世界最強吸血鬼——「第四真祖」曉古城的寒假就這樣開始了。

2

絃神島是浮在太平洋中央的常夏島嶼，說是寒假，氣溫仍超過二十度，灑下的陽光依舊強烈。行道樹的葉子長得青翠茂密，在路面留下濃濃影子。

在這樣的行道樹後頭，有一道詭異的人影屏息藉樹幹藏身。

那是個揹了貝斯盒、穿著制服的國中女生。

少女的長相如人偶般端正且體型纖瘦，然而從不經意的舉止間卻處處令人感覺柔中帶剛。她正是獅子王機關的劍巫，姬柊雪菜。

「真是的……他在做什麼嘛。」

雪菜從樹叢間探出一顆頭，看似不滿地自言自語。

位於她視線前方的是走在放學路上的曉古城。

而緊貼在古城旁邊的人是穿著全新制服的江口結瞳。為了牽制結瞳，藍羽淺蔥就黏在他們兩個的背後。矢瀨基樹則是在離了一段距離的安全地帶，一臉尋開心的表情守候著他們三人這種緊張的關係。甚至連放學路上其他不相干的人都本著興趣將視線朝向他們。

那幕景象讓雪菜感到不高興。

原本要待在古城旁邊的，應該是身為監視者的雪菜才對。可是在眾目睽睽之下，要闖進他們之間也實在不容易。因此雪菜一股勁地越來越暴躁。

「就算對方是結瞳，學長居然被小學生迷成那樣——！」

雪菜發火的矛頭當然是針對古城。在雪菜眼裡，古城被結瞳積極示好而不知所措的模樣，看起來只像沒出息地對小學生百依百順而已。

雪菜無意識地在指頭上用力，無辜的行道樹樹枝被握得霹靂啪啦作響。

「我才想問雪菜妳呢，妳到底在做什麼啊？」

從抱怨的雪菜背後傳來了一陣有些傻眼的提問聲。

嗓音的主人是曉凪沙。她是古城的親妹妹，對雪菜來說則是同班同學。她低頭看了偷偷摸摸跟蹤古城的雪菜，然後帶著苦笑嘆氣。

「找古城哥他們有事的話，直接開口就好了啊。」

「是、是啊……不過，在這種時間點實在有點尷尬……」

凪沙合理至極的建議讓雪菜找了靠不住的藉口。

穿著明星小學制服的結瞳自是不提，長得美形又亮眼的淺蔥吸睛程度也不遜色。這樣的兩人正在上演搶古城的戲碼，無論怎麼想都沒有道理不醒目。要是雪菜大搖大擺地加入，肯定會讓事情變得更混亂。身為第四真祖的監視者，她得極力避免那樣的行為。

即使如此，就這樣放著受結瞳誘惑的古城不管感覺也很危險。

凪沙一臉愉快地觀察兩面為難的雪菜，又說了：

「哎，我是無所謂啦。反正看妳那樣也很有趣。」

「那個……總覺得……真是對不起喔……」

雪菜向被拖下水一起跟蹤的凪沙乖乖低頭。然而，凪沙毫無顧慮地笑著搖頭說：

「沒關係沒關係，重要的是，妳看！古城哥他們打算去叢雲咖啡店！我喜歡那家店的黑糖生巧克力拿鐵耶，好好喔～～不過現在和他們進同一家店難免會穿幫吧。啊，對了，到便利商店買個什麼喝的來代替吧。雪菜妳想喝什麼？運動飲料類？碳酸類？果汁類？」

「嗯……那幫我挑冰的茶好了──」

「OK，包在我身上。」

依然壓低身子的凪沙朝便利商店跑了過去。雪菜目送她，無力地苦笑。雖然雪菜最近對凪沙多話這一點也慢慢習慣了，但看她忽然發作還是會被嚇著。

另一方面，古城等人似乎照著凪沙預料的，進了公園旁邊的咖啡廳。雪菜躲在公園的導覽牌後面，打算繼續監視在咖啡廳裡的古城等人。結果──

「啊……抱歉，那邊的國中生小妹妹。」

「咦？」

雪菜被人從背後叫住，身體隨即擺出架勢。

站在她眼前的，是個將襯衫穿得邋遢的修長中年男性。

以年紀而言體態滿不錯，身上的肌肉也鍛鍊合度。

然而男子的下巴卻長著一層薄薄鬍渣，整個人散發出慵懶氣質。渾身破綻的他看起來和威嚴扯不上邊。

可是，雪菜對於這一點感到困惑。她離男子不到三公尺，這是她擅長的肉搏戰間距。在男子踏進間距內以前，雪菜竟連他的動靜都無法感受到。

「這張長椅可以坐嗎？」

男子說著指了在導覽牌旁邊的平坦長椅。他似乎是留意到雪菜在旁邊，才在坐上去休息以前打了聲招呼。

「啊，是的。你請坐。」

雪菜示意請男子坐下。

幾無動靜的他挺讓人困惑，不過倒感覺不出敵意。舉止可疑的人反而是偷偷摸摸躲著的雪菜。

「謝謝。哎，得救了。年紀一大，要在這種熱死人的天氣出來晃可累囉。」

男子隨意坐到長椅上，然後扶了扶破舊的軟呢帽帽緣。雪菜看見他露出的臉，冒出了一股奇特的熟悉感。對方明明是路人，感覺卻不像初次見面。男子和雪菜認識的某個人很像。

「國中生小妹妹，妳不坐嗎？」

男子和疑惑的雪菜正好相反，語氣毫不緊張地問了她一句。

是的——雪菜僵著臉點頭回答：

「我沒關係。請不用費心。」

「哦——對了，那盒子裡……裝著什麼啊？妳揹在背後的那個。」

男子懶散地托著腮又繼續提問。他說話有種飄忽的調調，讓人抓不到拒絕回答的時機。

雪菜生硬地將手繞到自己背後的硬盒說：

「這、這是樂器。呃……它叫做貝斯。」

「哦……貝斯嗎？國中生小妹妹喜歡音樂啊？什麼類型的？」

男子意外有興致聊這個話題。

冷汗流過雪菜的背。她背上的那個盒子裡裝的當然不是什麼貝斯，其真面目為獅子王機關的七式突擊降魔機槍(Schneewalzer)——具銘「雪霞狼」的破魔長槍。

「不、不是那樣……呃，我對最近的音樂不太有興趣……」

雪菜掩飾著內心的焦躁，勉強只擠出這樣的答覆。

於是男子看似愉快地哈哈大笑，又說：

「妳給的答案不錯耶。以現在的年輕女生來說挺龐克(Punk)的。」

「哪、哪裡。」

爆胎(Puncture)和音樂有什麼關係啊（註：龐克與爆胎的日本外來語讀音一樣）？雪菜儘管心裡困惑，還是先應了一句。戴軟呢帽的男子看似滿意地頻頻點頭，交抱雙臂說：

「哎，沒有啦。我年輕時也對音樂很著迷，常常跑Live house，所以看了有點好奇而已。別在意。」

「這樣啊。你是喜歡……Punc嗎？」

雪菜會主動提問是為了避免讓男子再向她細究。

儘管她也想一逃了之，不過在凪沙從便利商店回來以前總不好離開這裡。在這之前只能勉強隨便應付一下這個裝熟的中年男子了吧。不知道男子對雪菜的想法是懂或不懂，懷念似的瞇著眼又說：

「不是。我追的是地下偶像團體，好比說軟骨妖精愚連隊、微香性大地懶之類的，妳有沒有聽過？大概沒有吧……」

「對、對不起。」

雪菜沒理由地賠罪了。她內心實在感到困惑：那真的是偶像團體的名稱嗎？

男子抓準雪菜短瞬間的思考空檔，喃喃提問：

「對了，國中生小妹妹——妳和曉古城是什麼關係？」

「咦！」

雪菜微微冒出驚呼。糟糕——等她警覺時已經太晚了。

狀況已經不容雪菜蒙混過去。她監視古城的事在男子面前完全露餡了。

「為、為什麼你會知道曉學長的名字……？」

雪菜尖聲詢問。男子賊賊地露出裝傻的笑容說：

「哎呀，因為妳從剛才就猛瞪著古城，該不會是嫉妒……呃，我在想那是不是Jealousy啦。被我說中了嗎？」

「並沒有！」

為什麼特地改口用英語？感到混亂的雪菜瞪向男子。

「我、我只是在監視曉學長，哪有什麼嫉妒不嫉妒，才不是你說的那樣！」

「監視嗎？監視啊。那就表示是跟蹤狂性質的單相思囉？」

哦——男子佩服似的咕噥。他那意料外的反應讓雪菜愣了一瞬。

「什……什麼話嘛！」

「不錯耶，監視。真夠青春的。糟啦，感覺清純得不得了……好青澀啊～～！」

「為、為什麼話題會扯到那邊！不管那些了，你究竟是……？」

臉紅到耳根的雪菜逼問男子。此時在雪菜他們身後傳來有人停下腳步的動靜。

「牙……牙城爸爸！」

捧著寶特瓶的凪沙看見戴軟呢帽的中年男子，眼睛都睜圓了。那就像線上遊戲玩家碰巧遇到超稀有怪物時的表情。

「牙城……爸爸？」

凪沙那句嘀咕讓驚覺的雪菜倒抽一口氣。她總算想起眼前的男子長得像誰了。

「噢，凪沙！過得好嗎？」

起身的軟呢帽男子誇張地張開雙臂，露出滿面笑容，變臉程度讓人訝異人類居然能擺出這麼不正經的表情。

「妳還是一樣可愛呢！我還以為是哪裡來的女神！哎，我看到妳跑去便利商店，才會跟這個國中生小妹妹問候幾句等妳回來。」

「啊，這樣喔……話說牙城爸爸，你怎麼會在這裡？你什麼時候回日本的？工作呢？和深森媽媽見過面了嗎？你跟雪菜在聊什麼？」

凪沙習以為常地沒把男子誇大的稱讚當一回事。

面對凪沙接二連三的問題，男子莫名自豪地抬著下巴回答：

「我算是剛剛抵達絃神島吧。之前我跑去加勒比海探勘遺跡，結果就突然爆發內戰了。哈哈，傷腦筋傷腦筋。我還去了深森工作的地方，她又嫌礙事就趕我離開，所以我才在這邊陪國中生小妹妹做戀愛諮詢。」

「戀愛諮詢？」

怎麼趁我不在時聊這個，好詐喔——凪沙眼睛發亮地望著雪菜。雪菜則拚命搖頭說：

「不、不是的……！」

「啊，對了對了，我好像還沒自我介紹……哦？」

造成冤枉主因的男子似乎又想到了什麼，當場舉起手。

他注視著公園旁的露天咖啡座。

那裡有古城等人點完東西走出店面的身影。跟蹤一事快要敗露的雪菜大感心慌，男子卻明目張膽地朝他們揮了揮手說：

「喂～古城，我在這邊，這邊。」

「唔……！你怎麼會在這啊，臭老爸！」

古城察覺男子的存在，反射性地咒罵。

雪菜聽了古城的話才愕然來回比對他們兩人的臉。

是的，這名戴軟呢帽的中年男性和曉古城十分神似。像的無非就是雪菜的監視對象，不只五官，連舉止和慵懶的氣質都很像。

「曉、曉學長的……父親……？」

雪菜半信半疑地問。現在她也明白瓜沙驚訝的理由了。她不懂為什麼會在這個時間點遇到這樣一名人物。

於是男子感興趣似的望著愣住的雪菜，自信地微笑說：

「我是古城和瓜沙的父親，曉牙城，請多指教。」

講話腔調亂奇怪的。

3

「傷腦筋，就算再怎麼不受女人歡迎，沒想到你居然會染指小學生——」

曉牙城躺在客廳沙發上，聳著肩膀笑了笑。

這裡是曉家的公寓。牙城回到這裡，其實是相隔一年數個月的事了。或許因為如此，從屋裡氣氛可以感受到只有他一個人特別格格不入。

「染什麼指啊！那只是結瞳產生了很多誤解而已！」

古城擺著孩子賭氣般的臭臉回嘴。

古城等人在公園遇見曉牙城之後還不到三十分鐘。

然而古城一看見父親的臉，立刻決定要回家。他怕牙城和朋友們接觸。矢瀨和淺蔥倒還好，危險的是結瞳。要是隨便讓他們倆接觸，天知道牙城會怎麼慫恿她。

不過在牙城找古城等人搭話時，他似乎早就將情報蒐集得差不多了。不只是古城和結瞳的關係，牙城還搬出所有把柄戲弄人，讓古城一臉吃不消。

「……誤解是嗎？」

牙城享受地啜飲凪沙端來的麥茶，笑得若有深意。

「算啦，你別在意。畢竟我和深森也差了十歲以上嘛。就算被人叫成罪犯，也只要再忍個十年就好。」

「誰是罪犯啊……！事情會越搞越複雜，你閉嘴啦！」

父親離譜的鼓勵讓古城煩躁地撇嘴。

然而牙城根本不在意兒子的抗議，又將好奇的視線轉向雪菜。

牙城似乎對雪菜莫名中意，硬是把堅持推辭的她邀來了家裡。

「妳叫姬柊，對吧。剛才不好意思，一下子講到Jealousy，一下子又講到跟蹤狂，亂沒禮貌的。」

「不、不會，我並不介意。」

雪菜臉色看來有些緊張地對牙城說的話搖頭。

你跟初次見面的國中女生都聊了些什麼啊——古城不禁感到頭大。

即使如此，牙城仍顯得毫無反省之意，親暱地拍了拍古城的肩膀又說：

「真抱歉，我沒想到像妳這麼可愛的女生會是古城（這個傻蛋）的女朋友。」

「咦！」

牙城不避嫌的說詞讓雪菜無法反應而愣住，古城同樣僵住了。只有牙城格外喜孜孜地瞇著眼睛說：

「呃，話說回來，古城這傢伙哪裡好？妳的話，明明多的是更好的對象可以挑吧——」

「我說過姬柊不是我的女朋友了！少做無聊的妄想啦，臭老爸！」

古城朝起鬨的父親耳邊吼了回去。牙城裝作沒聽見，繼續啜飲麥茶。

「妄、妄想……」

雪菜聽到古城的發言，不悅地蹙起眉頭。

古城卻沒發覺雪菜的心境轉變，還繼續強調：

「姬柊只是學妹啦，碰巧住在我們家隔壁而已。不過，都不靠近家門的你八成不曉得就是了！」

「哦——只是學妹啊……」

依舊賊笑著的牙城換了隻腳翹腿。他嫌煩似的把貼近並瞪著自己的古城趕開，又問：

「對了，姬柊妳和古城做過了嗎？」

「咦！」

「你聽別人講話好不好——！」

理智有些失控的古城使了渾身力氣朝父親臉上揮出右鉤拳。幾乎沒放水的一擊。假如挨個正著，牙城的頭蓋骨難保不會粉碎。

然而牙城面對兒子以吸血鬼臂力施展的攻擊，從容地閃開了。

「哎呀……好險好險。真恐怖真恐怖。」

「你這中年色鬼——！」

儘管古城重心嚴重不穩，還是連連使出短又快的左刺拳。傾全力發動的這波連環攻勢依然受牙城的身手擺弄而徒然揮空。

即使如此，牙城還是略顯佩服地揚起嘴脣笑著說：

「哦……一陣子不見，你身手變好了嘛。不愧是我的兒子。哎，還有得練就是了。」

「啥！」

牙城意料外的動作，甚至連雪菜也措手不及。不知不覺中在牙城的手裡已經握著原本應該擺在桌子一角的辣醬瓶子。

隨後，牙城從死角使勁將瓶子的內容物灑到兒子臉上。

在這個時間點要完全躲開飛來的所有液體，即使有吸血鬼的反應速度也無能為力。古城的眼珠子直接被辣醬潑到，痛得讓他忍不住翻來覆去。

「咕喔喔喔喔……我的眼睛，眼睛！」

「學、學長……？」

雪菜迅速起身，拿著沾濕的手巾趕到了古城旁邊。

牙城則興趣濃厚地默默觀察她伶俐照顧古城的模樣。

「——欸，古城哥、牙城爸爸，你們在幹嘛！」

從廚房趕來的凪沙看見屋內辣醬四濺的慘狀而說不出話來。

古城揉著充血的眼睛，搖搖晃晃地撐起上半身說：

「可惡……你到底回來做什麼啦！明明平時就算求你也不會回來！」

「我說過啦，我是來接凪沙的。對吧？」

牙城說著輕輕把手放到女兒頭上。

乖乖讓父親摸頭的凪沙仰首一望，鬧彆扭似的鼓起臉頰。

「哎唷，要回來就早點說嘛，人家也有好多行程耶。再說，晚飯的食材也要買牙城爸爸的份才可以。」

「……你想帶凪沙去哪裡？」

視野勉強恢復的古城抬起頭，瞪著牙城低聲問道。

牙城曾數度將凪沙利用在自己的工作上。過去凪沙會遭遇事故，追根究柢也是因為被牙城找去的關係。

從凪沙入院以後，那樣專橫的行為難免也收斂了，就算如此古城還是鬆懈不得。他有理由提防父親。

然而，牙城傻眼地望著敵意畢露的兒子說：

「我說啊，你想想季節吧。這趟是要返鄉啦，返鄉。」

「……返鄉？」

牙城意料外的回答讓古城感覺像撲了個空似的沉默下來。

一般在社會上提起年末年初，確實就是返鄉的時節。在這座離本土遙遠的絃神島，返鄉潮應該也快到了。

「就快過年了吧。住在丹澤的婆婆叫我們偶爾要回去，囉嗦得很。再說凪沙直到去年都在住院，也顧不得那些。總之是搭明天一大早的飛機。」

「搞什麼啊……有夠突然的，我什麼都沒準備耶。」

古城擺著臭臉抱怨。

牙城的母親，也就是古城他們的祖母現居關東。她在丹澤內地的小小神社從事類似神職的工作。去見祖母這件事沒有什麼好不滿，但實在抹滅不掉唐突的感覺。然而——

「啊？誰說要帶你去了？」

牙城把兒子的抗議當耳邊風，接著又說：

「要回去的只有我和凪沙，畢竟深森和婆婆關係不好。」

「只有凪沙嗎！」

「廢話。你以為在這個時期，飛到本土的機票要花多少錢？離開絃神島的許可證也不便宜喔。」

「唔，唔唔……」

牙城從現實的角度說明，讓古城無話反駁。

由於機場的起降數量有限，從絃神島飛本土的航空費用昂貴，在旺季就更不用說了。況且進出「魔族特區」絃神島需要經過繁複程序，手續費還得另外算。牙城的說詞極為合理。

「再說帶凪沙回去是有原因的。我想讓婆婆替她驅個邪。凪沙通靈能力消失的原因，仔細地檢查一次看看會比較好吧？」

「是、是嗎……這樣啊……說的也是。」

古城不情願地將父親的話聽進去了。如今只有古城一家人才知道這件事，不過凪沙以前即使在國內也是屈指可數的強大靈能力者。

造成她喪失通靈能力的原因，是四年前一起和魔族有關的事故。

儘管事故造成的傷總算痊癒了，凪沙也已經平安出院，但她的能力依然沒有恢復，原因至今不明。雖然凪沙本人完全不介意失去能力，但是另一方面，她的身體偶爾會有病因不明的症狀發作。從古城的立場來看，也贊成請可靠的靈能力者幫凪沙看看。

「請等一下，學長。如果真的要替凪沙做檢查，交給獅子王機關會比較好──」

雪菜小聲地在古城耳邊說悄悄話，表情認真無比。

雪菜自己同樣身為出色的靈能力者，很明白除靈的危險性。她大概是憂慮由外行人出手可能會對凪沙造成負面影響。

「啊，不會，我想應該不要緊。謝謝妳為她擔心，不過我之前說過吧？我祖母也當過未登錄的攻魔師，她對這方面的工作很熟悉。」

「……這樣的話，說不定反而更危險。我有不好的預感。假如我想像的沒錯，附在凪沙身上的說不定就是學長以前──」

「嗯？妳說古城怎樣？」

牙城硬是打斷雪菜加入對話。

唔——雪菜嚇得噤聲。即使如此，牙城仍糾纏不休地瞧著她的臉問：

「怎樣怎樣，你們在講什麼？可不可以也告訴伯父？」

「那、那個……沒有，對不起。沒什麼事。」

到底還是屈服在牙城壓力下的雪菜語帶含糊地離開了古城旁邊。

你有分寸點啦——古城揪住父親的領口，制止他繼續朝雪菜硬貼過去。牙城呿了一聲，遺憾似的聳肩說：

「哎，不用擔心啦。先不管他們祖母本身的靈視能耐，畢竟是過年，她的一班徒弟應該也會過去她那裡玩啦。比如禿子刻御門、志渡澤大叔他們幾個。」

「刻、刻御門師父……！還有志渡澤會長嗎？」

雪菜聽到這兩人名字的瞬間，整張臉僵住了。

「妳認識他們？」

古城語氣納悶地問。雪菜連忙搖頭說：

「他們是獅子王機關的前首席教官和攻魔師協會的會長。那兩位的身分地位實在不是我能見到面的人——」

「哦……原來那幾個大叔是大人物啊。」

古城佩服似的嘀咕。雪菜只是愣著點頭。不過，雪菜對於替瓜沙除靈的不安似乎姑且得到解決了。既然認識的人當中有人具備那等實力，從雪菜的立場來看，應該也沒有理由硬要反對替瓜沙除靈。

牙城不動聲色地望著古城和雪菜互動。

接著他似乎想到什麼，忽然挺出身子，正色盯著雪菜說：

「對了，姬柊小妹妹。接下來我有正經事想跟妳商量──」

「好、好的。」

雪菜懾於牙城認真的視線，不由得端正姿勢。

瞬時間，牙城笑著放鬆表情說：

「我想早點看到孫子耶。反正你們要生，就生個女娃好了──」

「什麼？」

聽不懂牙城所指為何的雪菜僵住了，在她旁邊則有東西像炮彈一樣飛了過去。是古城拿坐墊使勁砸向父親的臉。

砰的一聲，牙城被坐墊直接砸中面門，仰起原本渾身破綻的上半身。

「……很危險耶，小鬼。別對親生老爸動手動腳啦。」

牙城揉了揉變紅的臉頰，悠哉地抗議。古城對這樣的父親趁勢又來了一記飛踢。

「囉嗦，閉嘴啦！幹掉你喔，性騷擾中年男子！」

「哎，憑你是別想啦。還早十年。」

牙城冷靜地避開兒子的飛踢，然後直接擒拿他的踝關節。

劇痛湧上，古城無從反抗地趴倒在地。

「痛痛痛痛痛痛！」

「欸……！你們在做什麼，古城哥！牙城爸爸！」

凪沙發現男人們忽然大鬧特鬧，連忙跑來制止。

「這……這位就是，學長的父親……」

至今仍有些愣住不動的雪菜被這一幕嚇倒，也只能無力地嘀咕。

4

隔天——

在早上的絃神島中央機場，穿便服的古城打了個大呵欠。

時間不到早上七點。對於夜行性的吸血鬼來說，這是一天中最難熬的時段。

古城會在這種狀態下到機場，目的當然是要送凪沙搭頭一班飛機啟程去本土，還有監視讓人不太信得過的父親。

從海平線露出臉的太陽燦爛地照亮了鋪設落地窗的機場大廳。絃神島今天似乎也是暑氣逼人。

「好啦，那我們去去就回來。你和姬柊小妹妹要相親相愛喔。」

「煩死了。反正你趕快走啦。」

穿著褪色風衣的牙城半尋開心地朝兒子搭話，古城則生厭地瞪著父親。

離班機預定起飛的時間不到一小時。考慮到「魔族特區」特有的麻煩防疫檢查，差不多該穿過檢查隨身行李的閘口了。

另一方面，凪沙正與跟古城一起來送行的雪菜感情融洽地互相道別。

「要小心喔，畢竟本土好像很冷。」

雪菜對捧著大量土產要給祖母的凪沙關心地說了。她的臉色會顯得有說不出的累，是因為被迫陪凪沙挑那些土產而逛遍機場內的商店。

謝囉——凪沙開朗地微笑著說：

「雪菜妳才讓人擔心呢。希望古城哥不會給妳添麻煩。」

「嗯，不要緊。我會好好地顧著學長，妳放心吧。我不會讓他對藍羽學姊或結瞳造成困

擾的。」

雪菜懷著堅定的決心這麼回答。

只要雪菜視線稍微一離開，「第四真祖」曉古城立刻就會結識陌生女性，然後鬧到要吸血或差點沒命的地步。既然凪沙會有一陣子不在，自己就非得更用心地監視他才行——雪菜重新在心裡如此發誓。

然而，凪沙臉色越發不安地望著卯足勁的雪菜說：

「……我跟妳說喔，雪菜。妳知不知道有句話叫『弄巧成拙』？」

「咦？我知道啊。嗯……？」

妳為什麼要這麼問呢——雪菜稍稍感到困惑。她那種無自覺的反應讓凪沙看似放棄地嘆了氣。

機場大廳裡播放催促乘客帶著隨身行李受檢的廣播。

「哇，掰囉。我要走了！雪菜妳不要太寵古城哥喔。古城哥也不能硬對雪菜亂來喔！」

「我……我才沒有寵他！」

「誰會啊！」

忍不住粗聲回話的古城與雪菜目送凪沙和牙城前往檢查門。

聒噪父女的人影消失以後，四周忽然安靜得像空氣變稀薄了。

「真受不了。抱歉讓妳一大早就陪著我們來，姬柊。」

古城倦怠地伸著懶腰向雪菜賠禮。

雪菜擺著一如往常的正經臉色搖頭說：

「不會，因為監視學長是我的任務。」

「唉，或許是那樣啦，不過妳好像也被我父親戲弄了不少次。」

「就是啊……再怎麼說，一直被當成學長的女朋友實在是……」

雪菜微微地紅了臉，難為情似的低著頭。

然而，古城卻打從心底感到困擾似的小聲咂嘴說：

「那傢伙開的玩笑從以前就不好笑，無聊到極點。」

「玩笑是嗎……這樣啊……無聊是嗎？」

雪菜眼裡失去了光彩，臉色也變得陰沉鐵青。

古城沒注意到雪菜這樣的變化，又開朗地笑著說：

「抱歉啦，讓妳遇到這樣討厭的事。等那傢伙回來，我會跟他說清楚妳才不是女朋友。這次就原諒他吧。」

「這樣啊。我相當明白了。」

「嗯、嗯？」

「才不是女朋友的區區學妹給你們家添了麻煩，真對不起。」

「啊……喂，姬柊……？」

古城連忙追趕突然丟下他快步走掉的雪菜。

「難道妳在生氣嗎？」

「不，一點都沒有。」

中途留步的雪菜不知為何用了幽怨的眼神看向古城。

當然，古城並不了解其中原因。大概是被牙城消遣太久，讓雪菜大為反感吧——古城想得完全不干己事。

「對了，或許是我的心理作用啦，不過今天是不是所有人神經都滿緊繃的啊？」

「我說過我沒有在生氣。」

「不，我不是說妳啦。妳看，比如機場的那些警衛。」

「咦……？」

雪菜聽了古城的嘀咕才終於停下腳步。

其實古城一抵達機場就察覺了。恐怕雪菜也心裡有數才對。

看守登機口和出入口的機場職員人數比平常多了不少。從他們的神色舉止來看，可以感受到機場內正嚴密戒備的氣息。

「說的……對耶。或許，原因是那個。」

雪菜說著指向設在機場候機室的大型電視。

電視畫面上正播出疑似衛星轉播的粗畫質影像。

無日文字幕的海外新聞畫面。以陌生的外國街道為背景，能看見遭炮擊或炸彈殃及的建築物和傷患的模樣。

「那是……戰爭嗎？」

古城臉色變得嚴肅，雪菜在他旁邊點了頭回答：「是的。」

在獅子王機關受過專門教育的雪菜已經擁有高中畢業程度的學力。新聞報導使用的英文，她似乎都聽得懂。

「在『混沌境域』好像發生了內戰。軍方布署在美利堅聯盟國(CSA)國境一帶的部隊攜械蜂起，要求自治獨立。」

「『混沌境域』……？」

耳聞過的這個地名讓古城蹙了眉頭。

「妳說的，不就是那個叫嘉妲的女人所在的國家嗎？」

「對。由第三真祖『混沌皇女(Chaos Bride)』支配，位於中南美區域的夜之帝國(Dominion)。」

「……這樣啊……總覺得挺意外耶。」

古城回想起擁有翠玉（Emerald）色頭髮及翡翠色眼睛的美麗吸血鬼模樣，兀自咕噥起來。受公認的僅僅三名真祖之一——嘉妲．庫寇坎。古城碰上她是在大約一個月以前的事。她那超脫常軌的戰鬥力以及驚人威嚴，古城都切身體會過了。

「意外？」

「嗯。畢竟會發生叛亂就表示民眾累積了不滿吧？難道說，那傢伙是所謂的女暴君？」

看起來倒不像耶——古城說著歪了頭。

古城碰上的第三真祖具備符合真祖之名的壓倒性威嚴及力量，但是感覺並非不講理的怪物。對方給他的印象反而是個工於心計又俏皮、感覺富有人味的吸血鬼，指其人格有魅力應該也不失中肯。

雪菜微微搖頭，像在替古城那番感想背書似的說：

「不是的，雖然真祖在各自的夜之帝國確實是名義上的統治者，可是他們並沒有直接治理國家。畢竟他們也會舉行議員選舉和官僚考試，而且根本來說，第一真祖和第二真祖都有幾十年沒在民眾面前現身了。」

「這樣喔？」

古城越發覺得困惑。不過聽雪菜一說，古城是不認得第一真祖和第二真祖的臉，也不記得有看過照片之類。

「在那當中，只有『混沌皇女』平時就會在帝國裡遊蕩……不對，是四處巡視，而且她也會大方地向平民打招呼，應該是受到民眾瘋狂支持才對。再說國內的治安及經濟狀況也絕對不算差，雖然她的幾位監視者好像為此吃了不少苦頭——」

儘管雪菜講到一半冒出了真心話，還是為古城說明得相當詳盡。

原來如此——古城感到釋懷。看來他對嘉妲抱持的第一印象果然沒有錯得太離譜。正因如此，「混沌境域」的現況難免讓人覺得不對勁。

「既然如此，為什麼會發生反叛？」

「那大概是因——」

說到一半的雪菜看似察覺了什麼，忽然停下話語。

古城也順著她訝異的視線，不經思索地將臉轉向背後。

從機場中央出入口通往入境廳的通道。

站在那裡的是個左臂上戴著魔族登錄證的銀髮男性——令人聯想到冰冷刀械的俊美少年。古城也熟識對方，以分類來說是古城不希望見到的人。

「啊！你是——」

「學長，快退開！」

雪菜迅速上前保護驚訝的古城。她將手放在背後的硬盒上，準備好隨時拔槍。

銀髮少年鄙視地望著雪菜和古城的反應，嘆了口氣——

「是你啊，曉古城。看來你依然被小女生騎在頭上。」

他用挑釁的口吻如此說道。

古城和雪菜聽到少年的話，同一時間吼了回去。

「我才沒被騎！」

「我才沒有騎！」

呵——銀髮少年看著連反駁都完全同步的兩個人，冷冷地笑了。

古城敵意畢露地瞪著他說：

「你是之前在瓦特拉的船上和吉拉搭檔的那個吸血鬼——」

「我叫特畢亞斯．加坎！你總該記住了！」

結果這次輪到銀髮少年吼了回去。

特畢亞斯．加坎是歐洲「戰王領域」出身的貴族，第一真祖「遺忘戰王（Lost Warlord）」的嫡系舊世代吸血鬼。

加坎是同屬「戰王領域」貴族的「奧爾迪亞魯公」迪米特列．瓦特拉身邊的親信，逗留於這座絃神島，但立場上近似於古城的敵人。而且，他個人不知為何也對古城懷有怨恨，總之是個不可不防的吸血鬼。

「為什麼你會出現在這種地方！」

古城越過雪菜的肩膀瞪向加坆問了。

加坆卻瞧不起人似的哼了一聲說：

「我哪有義務回答你，蠢蛋。」

「啥！」

激動的古城朝加坆逼近。雪菜連忙制止古城並勸道：

「學長，請你冷靜點！」

「……你往入境廳走……表示是在等什麼人過來嗎？」

古城意外冷靜地點出事實，讓加坆「哦」了一聲瞇起眼睛。

他的表情看來似乎在提防古城顯露的精明。

「哼。所以你姑且還有幼稚園兒童程度的智慧啊……真叫人吃驚。」

「少來！」

加坆由衷感慨般的語氣讓古城更加不耐煩了。

然而，加坆好像不打算再陪古城攪和。

「閃開，別礙事。」

他硬是推開擋住去路的古城他們，然後直接在通道上邁出腳步。

然而，加坎途中似乎改變了心意，又停下腳步轉過頭，一臉不甘不願的表情開口。可以感受到情緒和理性相互糾葛，結果理性勉強獲勝的氣氛。

「聽好了，曉古城。我來不是為了和你做無謂的鬥爭，要辦的事情也和這座島沒有直接關係。」

「咦？」

「所以你不要多操心，給我安分待著。至少等大人回來以前都一樣！」

加坎單方面交代完以後才無視於古城等人走掉。

那傢伙搞什麼啊——古城望著他遠離的背影，聳了聳肩。

「他講的大人是指瓦特拉？回來以前又是什麼意思？」

「我也不清楚……雖然聽他口氣像是奧爾迪亞魯公並不在絃神島……」

雪菜靜靜地垂下視線沉思。然後，她彷彿想起了什麼，抬頭就朝建築物外頭跑去。古城不明所以地追在她後面。

雪菜前往的是機場內面海的瞭望區。

「學長，你看那邊——」

雪菜說著指了港灣地區的大棧橋。巨大的國際客船碼頭和中央機場同為絃神島的門戶，也是人工島東區的象徵。

在那周圍，目前也有眾多遊船停泊。

當中格外醒目的，原本是迪米特列．瓦特拉擁有的巨型遊艇「深洋之墓二號」。以個人擁有的船隻而言超乎規格，是一艘規模足以匹敵軍用驅逐艦的遠洋遊船。

然而，現在那宛如莊嚴城堡的巨型遊艇卻不見蹤影。

不可能會看漏的巨船身影從絃神港消失了。

在古城等人不知不覺間，「深洋之墓二號」已經出港，載著身為船主的瓦特拉，不知去向何方。

「瓦特拉的船……不在？」

古城茫然嘀咕。

「混沌境域」發生內戰以及加坎的神祕行動。瓦特拉不在本應是件喜事，或許是因為不祥之事接連發生，古城反而感到不安。時機太糟了。

話雖如此，古城並無手段確認瓦特拉的真意。

「……」

他與身旁的雪菜面面相覷，然後同時發出嘆息。

看來無論瓦特拉在不在，古城等人終究逃不過被耍得團團轉的命運。

5

結果古城等人回到公寓，是接近正午以後的事。

當他們一會在機場找加坎，一會跑去大棧橋確認「深洋之墓二號」的所在，時間就流逝掉了。

但關於瓦特拉的去向，到最後還是掌握不到線索。即使上網調查或者詢問獅子王機關，詳情依舊不明。

以結論來說，古城他們等於徹底浪費了這段時間。

於是到了現在——

古城帶著困惑的臉色望著在曉家廚房裡手持粗獷野戰刀的雪菜。

「這裡交給我處理，請學長先走——」

雪菜說著豁地粗魯揮下刀子。

鋒利的刀刃陷入肉塊，不出聲響地將肉切斷。

「不行。我怎麼能放妳一個人！」

古城說著拚命阻止雪菜。

他右手握著的同樣是銳利刀械。不銹鋼製的萬能菜刀。

「為什麼學長不肯交給我！」

難得表露情緒的雪菜瞪視古城。在她手邊有銀色雙手鍋被擺在開文火的爐上，發出咕嘟咕嘟的聲音。

「我才想問，妳手上拿著美乃滋想幹嘛！」

「這……這是提味用的！」

穿圍裙的雪菜揹著手將美乃滋藏在身後，心驚地肩膀打了哆嗦。

古城手法俐落地將蘿蔔削成薄薄的長條，同時又說：

「不對，那很怪吧！要煮的是馬鈴薯燉肉耶！」

「美乃滋具高營養價值啊。也有登山客在遇難時舔自己帶的美乃滋，才撐過飢餓而生還的例子喔！」

「妳打的比方根本莫名其妙！」

千辛萬苦的說服大概是奏效了，雪菜不情願地放下美乃滋。

古城看她罷手便安心地呼了口氣。

時間是下午十二點四十分，他們正在準備略遲的午餐。

由於凪沙暫時都不在，古城本來想用調理包或超商便當湊和，不過雪菜反對那樣做。理由在於只吃現成食品會營養不均衡。看來雪菜似乎是認為凪沙不在的這段期間，自己有責任替古城管理健康。

當然古城對自炊這個選項倒沒有多大不滿——

「就算要自己開伙，姬柊妳也不用勉強幫忙啦。雖然最近飯都交給凪沙來做，可是國中時我也滿常做菜的啊。」

「不，關於做菜這方面，我也在獅子王機關受過求生訓練喔。」

所以請交給我吧——雪菜看似得意地回答。她會拿野戰刀當菜刀揮來揮去，原因好像就是出在那所謂的訓練。

「算啦。馬鈴薯燉肉的調味之後再說，麻煩妳把生魚片裝盤。」

「我明白了。那麼——」

雪菜接下古城遞過來的盤子，然後擱下野戰刀。

古城看到她手裡改拿的東西，一瞬間懷疑自己眼睛，立刻又問：

「慢著！為什麼妳現在要拿美乃滋！」

「……學長覺得番茄醬比較好嗎？」

「都別加啦，又不是吃荷包蛋！至少我的份不要——」

「呵呵，開玩笑的。我的味覺沒有那麼遲鈍。」

雪菜看古城真的心慌到家，就使壞似的呵呵笑了。

「……饒了我吧。」

古城乏力無助地嘆氣。雪菜開的玩笑依然不好懂。

或許雪菜也覺得自己鬧過頭了，之後她有一陣子都專心於將菜色裝盤。古城也默默地削著蘿蔔。

廚房裡一片安靜，僅剩馬鈴薯燉肉的烹煮聲以及兩人做菜的聲響。

這陣寂靜忽然讓古城他們察覺密室裡只有孤男寡女的現狀。

「總……總覺得凪沙不在就好安靜耶。」

雪菜用了莫名生硬的語氣開口，也許是想用自己的方式舒緩緊張。不過因為化成語句的關係，結果他們重新深刻體會到了「凪沙不在」的事實。沒錯，今天凪沙不會回來，直到晚上都只有他們獨處。

「那、那傢伙話太多了嘛，因為這樣，一不在感覺就格外……」

冷靜下來——古城告訴自己。

就算和雪菜獨處，事到如今應該也沒有理由要特別在意。雪菜負責監視第四真祖，會這樣待在古城旁邊乃因這是她的任務。

古城沒有理由緊張。儘管如此，他會對雪菜無比在意，感覺都是牙城昨天說了「想看孫子的臉」這種蠢話的關係。

「受不了，提什麼孫子啊，那個笨蛋……」

古城無意識地在嘴裡咕噥起來。雪菜頓時心驚似的全身僵住，開口問：

「孫、孫子……？」

「沒有，不、不是啦！我是說……蛋！雞蛋！冰箱裡雞蛋還有剩，我在想是不是早點用掉比較好。」（註：孫子與蛋日文音近）

「原、原來如此。」

雪菜帶著緊繃的笑臉點頭。

她似乎姑且放下了戒心，可是一度產生隔閡的尷尬氣氛依然沒變。生硬的氣氛令人介意，緊張感益發升高。

「啊，抱歉。」

想拿抹布的古城指頭碰到了同樣朝抹布伸出手的雪菜。

彼此的手重疊在一起，讓古城和雪菜停下動作。

「對、對不起！」

「不，我才要道歉。」

古城和雪菜硬是使喚僵住的身體，雙雙把手抽離。發生在一瞬間的事情感覺卻特別久，再次湧上的沉默顯得沉重。

「開……開個電視好了。」

「好、好啊。」

承受不住安靜的兩個人說著便移動到客廳。頭一個轉到的頻道剛好和他們在機場看到的一樣，播著海外的新聞畫面。

「內戰嗎……」

古城目睹嚴酷的現實才總算感覺到頭腦冷靜下來。

雖說事情發生在遙遠的國外，那場戰火牽涉到了和古城屬同類的吸血鬼真祖，他無法斷然將其視為與自己無關。

不幸中的大幸是即使稱為內戰，事態仍未發展到全面武力衝突的階段。目前並沒有聽到有民眾犧牲的消息。

「對了，說到剛才那件事，結果叛亂發生的理由是什麼？」

古城凝視著電視畫面提問。那是雪菜在機場只講到一半的資訊。

「國境紛爭。我想恐怕是這樣。」

「……國境紛爭？」

「是的。在北美大陸，除了『混沌境域』以外，還有美利堅聯盟國以及北美聯盟兩個大國對吧。雖然直接和『混沌境域』國境相接的只有美利堅聯盟國就是了。」

「啊……這麼說來，地理課好像有教到。」

古城回想起印象半生不熟的世界地圖。

由阿拉斯加到五大湖周圍各州組成的北美聯盟，以及將大陸中央納為版圖的美利堅聯盟國，還有從北美大陸南岸一路支配到中美、加勒比海域的「混沌境域」——該三國就是構成北美大陸的主要國家。

「『混沌境域』和美利堅聯盟國的國境一帶，據說埋藏著大量的地下礦物資源。因此，兩國之間為了國境分界發生過好幾次衝突。不過，由於美利堅聯盟國背後有北美聯盟，所以並不能發動大規模戰爭。」

「因為被前後夾擊就不妙了，妳是這個意思嗎？」

古城領會了雪菜說明的用意。

美利堅聯盟國背後有強大的北美聯盟守著，假如與「混沌境域」交戰造成消耗，會吃虧的是美利堅聯盟國。

「對。所以我想是美利堅聯盟國唆使『混沌境域』中的叛亂分子才會引發內戰。『混沌皇女』人氣再高，在夜之帝國內部還是有不樂於受吸血鬼支配的獸人優勢主義者，以及追求自治獨立的少數民族。」

「相鄰的美利堅聯盟國就是叛軍的幕後黑手囉……說起來滿有一回事耶。」

古城反應誇大地皺著臉點頭。

若是如此，就能理解第三真祖支配的「混沌境域」發生叛亂的理由了。

無論國王施行何等良政，心懷不平不滿的分子還是必定會出現。敵對國只要和那班人接觸，再供給軍火與資金，要唆使叛亂應屬易事。

「是啊。只不過，唯有一點令人在意——」

「咦？」

「就算有美利堅聯盟國提供金援及武器，只要第三真祖一認真起來，駐紮在地方都市的部隊，她應該都能獨力掃滅。夜之帝國的軍人明明不可能不知道真祖有多恐怖——」

雪菜看似不安地沉下臉色說了。她這番話也讓古城察覺到事有蹊蹺。

「那些人還是敢掀起叛亂……就表示……」

「沒錯，我猜他們大概得到了某種足以對抗真祖的王牌。」

「這樣啊……」

古城忽然想起克里斯多福·賈德修這名男子。

號稱黑死皇派的恐怖分子殘黨為了對抗支配「戰王領域」的第一真祖，曾策劃將古代兵器納拉克維勒得到手。

儘管以結果來說，賈德修的計畫失敗了，但是納拉克維勒的戰鬥能力確實有其威脅性，宣稱它能對抗真祖也絕非虛言。假如沒有藍羽淺蔥的機智，僅僅數架納拉克維勒應該早就讓絃神島瓦解了。

假如「混沌境域」的叛軍和賈德修一樣，打算向真祖揭起反旗，那他們就算握有能媲美納拉克維勒的兵器也不奇怪。雪菜憂懼的大概就是這一點。這時——

「學……學長，鍋子！」

雪菜在耽於思考的古城旁邊大叫。猛一看，擱在爐子上的整鍋馬鈴薯燉肉已經滾沸得咕嘟咕嘟溢了出來。

「糟糕……唔！好燙！」

「學長！」

連忙趕到爐子前想把火調小的古城不小心碰到了鍋蓋。雪菜見狀倒抽一口氣說：

「你沒事吧！要趕快冷卻才可以——」

「啊……不必啦，放著沒關係吧。反正這種程度的燙傷一下子就會好……」

「不可以。就算是吸血鬼，只要急救處理做得確實，痊癒需要的時間也會變短——」

雪菜硬是拉著不情願的古城到流理台前。

無意間和雪菜緊貼的古城心裡又湧上了方才的緊張感。

「學長？你怎麼了？」

雪菜仰望僵住的古城，一臉納悶地問。

古城在極近距離下面對她的大眼睛，不由得別開視線說：

「沒有，我是覺得就我們兩個站在廚房，感覺怪怪的——」

「就、就我們兩個……」

雪菜察覺自己的姿勢實質上是被古城從背後摟著，臉頰立時泛紅。然而有進行治療的名義，她也不能推開古城離去。

在古城眼前是雪菜束起後面頭髮露出的白皙頸根。

雪菜頭髮的醉人香氣刺激著古城的鼻腔。她的心跳隔著背傳了過來。雪菜雖然有緊張的動靜，卻沒有抵抗的動作。古城感到強烈口渴，咕嘟一聲嚥下了口水。隨後——

叮咚——

「唔……唔喔！」

「呀啊！」

門口對講器的鈴聲忽然響起，讓古城他們觸電似的分開了。

從緊張感解放的兩人同時大大地呼氣，在耳邊撲通撲通搏動的心跳聲很吵。古城掩飾害羞似的不高興地瞪了玄關的方向說：

「誰啊，這種時候跑來——」

「好像有人送貨過來。要不要我去應門？」

「呃，不用啦，我去就好。」

古城制止了打算解開圍裙的雪菜，自己走向玄關。

沒確認來者是誰的古城開了玄關大門，結果站在門外的是個穿著陌生制服的男送貨員。在他腳邊擺了一個直接貼著單據的大型行李箱。那是國際宅配的單據。

「我送貨過來了。請在這裡簽收。」

「啊，好好好。」

送貨員遞過來的單據上是用流利的書寫體英文記載貨物內容。

勉強看得懂的部分只有公寓地址和古城的名字。可以想像的是，寄東西的人恐怕是牙城。古城想不到還有誰會寄這種奇怪的國際郵件。

「多謝惠顧——」

古城生疏地簽完名以後，送貨員一把抓了簽收單就走，只剩巨大貨物留在玄關。

那是一個沉重的金屬行李箱，重量似乎接近一百公斤。即使憑古城變成吸血鬼以後的臂力，要單手搬運仍有點吃力。

「這個大行李箱是裝什麼玩意啊……呃…………！」

古城蹲到行李旁邊，再次確認單據內容。

於是在解讀出寄件人姓名以後，他沙啞地驚呼：

「等一下！這件貨物我不收。應該說，我希望你帶回去！」

古城打著赤腳衝出玄關，朝送貨員大喊。可是在公寓的走道上已經不見對方身影。送貨員早就走了。

「──唔，已經跑不見了！可惡！」

古城無力地跪下。連寄件人都沒看仔細就在文件上簽名是他的失誤。這項貨物無論如何都該拒收，並且退回去才是。

「學長？怎麼了嗎？」

雪菜察覺古城模樣有異，就喚了他一句。

古城苦惱似的捧著頭，指向行李箱說：

「沒什麼好講的啦。妳看看這個。」

「……咦？上面寫著迪米特列・瓦特拉……寄件人是奧爾迪亞魯公嗎！」

雪菜望著上面貼的單據，表情頓時繃緊。

寫在上面的就是如此讓人意外的人物姓名。

寄行李箱來的是迪米特列・瓦特拉——「戰王領域」出身的戰鬥狂(Battle Mania)吸血鬼。光是他特地將這個寄過來，就可以料到行李箱中裝的不會是什麼好東西。

「我不小心簽收了。唉，可惡，真是敗筆……」

「傷、傷腦筋耶。就算要寄回去，奧爾迪亞魯公的船也不在港口……」

雪菜露出猶疑之色嘀咕。

瓦特拉居住的巨大遊船已經出港，目前去向不明。考慮到行李箱被當成國際貨件寄過來，他應該是在國外不會錯。

「就這樣當成沒看到……也不行吧。」

古城歪著一張臉嘀咕。他打從心裡不想知道瓦特拉寄來的貨物是何內容，雪菜卻像是看開似的點頭附和：

「也對。畢竟不確認一下裡面是什麼就擬不出對策，也無法保證維持這樣不開封就一定安全。」

「哎，的確……可是一開封就爆炸的話也很討厭……」

古城說著用困擾的目光看了行李箱。

雪菜像是要為這樣的他打氣，正色搖頭說：

「不，我想不必擔這種心。反正學長就算被五馬分屍也能立刻復活，詛咒和魔法一類的把戲可以由我用『雪霞狼』令其失去一切效果——奧爾迪亞魯公明白這些，想來並不會做那種沒用的事情。」

「照道理來講也許是這樣，可是那傢伙為了自己開心什麼都肯做啦。」

「聽學長一說，確實也是……」

雪菜受了斬釘截鐵地斷言的古城影響，也生畏似的咬住嘴脣。

「話雖如此，再躊躇也不是辦法。姬柊，拜託妳了。」

「好的。」

古城下了決心起身，將行李箱搬到客廳。雪菜則趁這個空檔打開愛用的硬盒，從中抽出銀色長槍。

獅子王機關的祕藏兵器七式突擊降魔機槍——能斬除萬般結界、令魔力失效的破魔長槍。哪怕行李箱內安裝了魔法性質的陷阱，只要雪菜啟動著那把槍，對周圍造成的損害應該就能降到最低。而對於物理性攻擊，只好祈禱古城的眷獸能設法應對。

古城確認過雪菜準備就緒才碰了行李箱的把手。

行李箱大概對古城的魔力起了反應，光是一碰就解鎖了。這只行李箱果然是瓦特拉專為古城寄來的東西。

「要開囉。三……二……一……！」

零——伴隨著倒數的聲音，古城使勁打開行李箱。

霎時間，從行李箱裡噴出了濃濃的純白霧氣。

這種演變實在出人意料，連雪菜也不知所措得無法反應。

「好冷……這什麼啊！乾冰嗎！」

屋內被純白霧氣籠罩，溫度一舉下降，但是感覺不出危險性，也沒有什麼異味或刺激，只是亂冷的而已。行李箱內側結了滿滿的霜，光著手亂碰會讓皮膚黏住。行李箱內的溫度肯定比冷凍庫還低。

受濃霧阻隔，行李箱的內容物仍未揭曉。古城的手依然放在箱子把手上，無能為力地等著霧氣散去。於是——

「請退下，學長！待在這裡面的是——！」

雪菜驀地將槍尖指向行李箱。

箱子內部從冰冷霧氣的空隙間微微顯露出來。在結凍似的寒氣中，安放於行李箱裡的是個人——嬌小婀娜的身影。

「女、女人……？」

古城茫然咕噥。

原本充斥於行李箱裡的純白霧氣散開，其身影完全顯現。

細緻的褐色肌膚；如耀眼太陽的蜂蜜色頭髮；柔軟四肢；留有稚氣的臉龐；還有結實腰身和意外豐滿的胸脯──

躺在行李箱裡的是個年輕的異國女孩；一絲不掛的美少女。

可是她沒有動，冰冷得像死了似的持續沉睡著。

「學、學長你為什麼一直看！」

雪菜一個巴掌狠狠打在原本對少女看得入迷的古城臉頰上。

唔喔──捂著鼻頭的古城仰起身。雪菜太不講理的態度實在讓他生氣。雖然古城確實曾盯著全裸的少女，但他覺得自己的行為在這種情況下是情非得已，無論怎麼想都是屬於不可抗力。

「就算妳那麼說……啊……！」

打算抗議的古城鼻子裡猛流出鮮血。

在古城面前的是赤身裸體躺在箱子裡的異國少女。俯視著少女並噴出鼻血的他被雪菜不高興地瞪了。

「學長……」

「不、不是啦。這是因為妳揍我才會──」

鼻血流個不停的古城拚命辯解。

雪菜冷冷地看著這樣的他──

「下流。」

不帶感情的平板嗓音如此數落，然後輕蔑似的嘆氣。

為什麼啊──古城忍不住放聲大叫。

在這樣的兩人注視下，美麗的異國少女靜靜地持續沉睡著。

第二章 來訪者

Visitors From Battlefield

1

在家具很少而顯得單調的房間一角獨獨擺著款式簡約的床。這裡是雪菜公寓裡的寢室。

被安置在粉藍色乾淨床單上的，是之前被人裝進行李箱寄過來的異國少女。雪菜主張不能將沒有意識的她留在古城身邊，才會抬回自己的房間。

少女身上穿著古城出借的T恤和短褲。主要是因為胸圍尺寸，她穿不了雪菜的衣服。儘管不知道是人種不同或者純粹出於個人差異，但是在胸圍尺寸的戰力上，異國少女壓倒性凌駕於雪菜。

另外，在這樣的異國少女旁邊，有個藍頭髮的嬌小人工生命體(Homunculus)一手拿著聽診器坐著。

她是全世界唯一的眷獸共生型人工生命實驗體——亞絲塔露蒂。

「——體溫正常。脈搏無異狀。無外傷。由背景腦波驗出θ波及δ波。推測。睡眠深度第三期。」

人工生命體少女用缺乏抑揚頓挫的平板語氣開口。

今天的她在平時的女僕裝外面加了白袍，服裝略偏特殊癖好。

據說本來被製藥公司設計為醫療用人工生命體的亞絲塔露蒂腦裡，預設安裝（Install）了等同於持有醫師執照者的醫療知識。因此古城他們找她過來幫忙替無法恢復意識的異國少女看診。

「什麼意思，亞絲塔露蒂？」

古城蹙眉向人工生命體少女問了。

亞絲塔露蒂面無表情地轉頭，咕噥著回答：

「意思是她正在熟睡。」

「……表示她只是睡著了而已嗎？」

雪菜臉上也顯露疑惑之色。

畢竟這個異國少女是被裝在行李箱，經過冷凍，用宅配方式寄來的。光是受到如此對待還能保住一命，正常來想就已經接近奇蹟。即使是被指為不老不死的吸血鬼，撐得過那種折磨的個體應該也不多。

然而，亞絲塔露蒂只是淡然點出事實。

「我表示肯定。這並非魔法或藥物造成的昏睡。」

「所以，是容器（行李箱）那邊有什麼玄機囉？」

「說的是呢。恐怕不會錯。」

雪菜望著立在房間一隅的行李箱，並且對古城的嘀咕表示同意。

將活生生的人類封印，開封後瞬時使其甦醒——和箱子外表呈對比，那是用相當高度的技術建立出來的一套機制，理應所費不貲。

瓦特拉再怎麼不按牌理出牌，想來也不會毫無用意地用上那麼昂貴的箱子，將一個普通女孩寄到古城這邊。

「亞絲塔露蒂，妳還有看出什麼嗎？假如有情報能辨明這傢伙的身分或來歷，那就太感謝了。比如說，她是不是某種特殊的魔族——」

「我表示否定(Negative)。患者的生理結構與已知的所有魔族皆不一致。」

亞絲塔露蒂對古城滿懷期待的質問乾脆地搖頭。

這下子，少女和結瞳一樣屬於稀有魔族的可能性也遭到否定了。

「以人種而言，可辨識出拉丁美洲原住民及歐洲高加索人的特徵。肉體年齡為十五歲。健康狀態良好。身高一百六十一公分。體重四十六公斤。三圍由上到下是八十六——」

「慢著慢著！不用報那些切身的數字！」

古城連忙制止想揭曉少女個人情報的亞絲塔露蒂。

於是，亞絲塔露蒂略顯意外地偏著頭說：

「質問。表示那些數字都已經確認過了嗎？」

「學長，你該不會……！」

連雪菜都用一副「你什麼時候下了手？」的吃驚表情看古城。

「沒有啦！姬柊妳也不要當真！」

確認那種事情有什麼用——古城忍不住扯開嗓門。

雖然少女確實有副和年紀不相稱的出色身材，就算如此，古城也沒有精明到瞥一眼就能說出三圍數字。

「總之，沒其他情報了嗎！除了胸圍那些以外！」

「——推測她的個體名稱為『瑟蕾絲妲．夏緹』。」

對於氣急敗壞的古城，亞絲塔露蒂自顧自的繼續說了。

「咦！」意外的情報讓古城和雪菜驚呼並心生動搖。

「妳怎麼會知道？」

「答覆為：記載於單據。」

「啊……」

古城看了亞絲塔露蒂指著的行李箱，不由得全身無力。

寫得太明顯反倒讓人看漏了，不過在宅配單的品項欄裡確實記有「瑟蕾絲妲．夏緹，數量1」。

「不就跟上頭寫的一模一樣嘛……不過算了。總之謝謝妳啦，亞絲塔露蒂，妳來真是幫了大忙。」

古城慵懶地聳了聳肩道謝。

亞絲塔露蒂忽然接到古城的聯絡，連理由都沒問就答應過來了。少了她的醫療知識，古城等人現在八成還是拿沉睡的瑟蕾絲妲一點辦法都沒有。

「毋須謝辭。我的診斷屬於簡便性質，並非精確診查。為保險起見，建議由正規的醫師進行診斷。」

「假如這傢伙只是昏倒的路人，我會毫不猶豫地送她去醫院就是了。畢竟送她來的是瓦特拉那傢伙嘛……」

古城望著瑟蕾絲妲的睡臉，煩悶地撥起劉海。

這可是迪米特列．瓦特拉指名寄來給古城的少女，完全不能保證她和外表一樣無害，帶她到醫院有可能累及無辜的醫院相關人員和病患。

另一方面，古城也擔心就這樣順著瓦特拉的意，繼續讓瑟蕾絲妲藏匿在他們這邊好嗎。活像在協助瓦特拉搞鬼的感覺讓古城不太開心。

「哦，迪米特列．瓦特拉……『戰王領域』的蛇夫嗎？妾身聽見了懷念的名字呢。」

內心糾葛著不知如何是好的古城背後忽然傳來一陣悠哉的嗓音，語氣聽起來格外高傲，又顯得不問世俗。

「您和他認識嗎？院長大人？」

回應嘀咕的人是個散發出聖女般溫柔氣質、長著銀髮碧眼的少女。那是和雪菜同年級的叶瀨夏音。而夏音腿上有個身高約三十公分的美麗東方人偶盤腿坐著。

那個人偶晃了晃豐滿的胸部，循著朦朧記憶思索似的偏著頭說：

「妾身只有在大約百年前直接見過他一次就是了……不對，兩百年前嗎……？」

「……我說，叶瀨妳們穿成那樣幹嘛？」

古城一臉厭煩地望著夏音她們問。

夏音穿在身上的並非熟悉的彩海學園制服，而是裙襬較長的純白圍裙洋裝，令人聯想到歐洲大戰時從軍護士的服裝。

宛如白衣天使的那副打扮和夏音異常合適——然而，古城實在不想把那套角色扮演服當成她平時的便服。

「我……我是亞絲塔露蒂小姐的助手。」

夏音捂著護士帽低頭，害羞似的小聲回答。

「助手？」

喔——古城含糊地點點頭。

叶瀨夏音和亞絲塔露蒂是一起住在南宮那月家的食客。古城聯絡亞絲塔露蒂時，幫忙轉

電話的人也是夏音。話雖如此，夏音身為區區國中生，感覺無法勝任亞絲塔露蒂的助手——

「別太責怪夏音了，古城。這廝聽說亞絲塔露蒂要來看診，還以為你病倒了。她是想照顧你才來的。」

結果如此開口袒護夏音的是坐在她腿上的人偶。

不，精確來說那並非人偶。那是以往被稱為妮娜‧亞迪拉德的古代大鍊金術師最後所落得的模樣。

在「賢者靈血（Wiseman's Blood）」事件中，妮娜失去了大部分的肉體，從那之後就變成了這副酷似小動物的尺寸讓夏音飼養著。然而妮娜就算變成那副模樣，也依舊不改高傲態度，或許那就是她的過人之處吧。

「院……院長大人！」

夏音剔透白皙的肌膚染成了一片通紅，整個人支支吾吾地顯得十分狼狽。

妮娜納悶地仰望心慌的她問道：

「怎麼？妾身說的不都屬實？」

「這樣啊……謝啦，叶瀨。」

古城對害羞得縮成一團的夏音坦然表示感謝。

畢竟無法對流浪貓棄之不顧的夏音還曾經一口氣照顧過幾十隻貓咪。這樣的她總不可能放著生病的熟人不管——古城自然是如此理解。

「不會，我是為了大哥……才來的。」

夏音說著露出了看似幸福的微笑。聽著他們兩人互動的雪菜刻意咳了一聲清嗓。

「那麼，接下來要怎麼照料她呢？學長？」

「這個嘛……可以的話，我會想將這種麻煩事交給那月美眉就是了。」

古城皺著臉說了。坦白說，瑟蕾絲妲的事情是他們處理不來的問題，希望趕快將問題推給可靠的職業攻魔官就是他的心聲。

不過——

「南宮教官（Master）收到特區警備隊的請求，正在執行特殊警戒任務。」

亞絲塔露蒂公事公辦地回答。古城冒出不好的預感，瞇起眼睛問：

「……特殊警戒任務？」

「我表示肯定。情報指出，有未登錄魔族偷渡入境的形跡。」

「偷渡入境……欸，總不會是指這傢伙吧……？」

古城指著瑟蕾絲妲反問。畢竟她就是被人裝箱用宅配寄來的，感覺並沒有辦理正常的入境手續。

話雖如此，瑟蕾絲妲到底有沒有需要特殊警戒的危險性——？

「不明。資料不足無法回答。」

「我想也是……」

古城沒有反駁亞絲塔露蒂簡單明快的答覆，雪菜也只是默默點頭。

「只好暫時看看狀況啦。這傢伙……是叫瑟蕾絲妲吧，既然她只是睡著了，遲早會醒過來對不對？而且說不定在她醒來之前瓦特拉就會聯絡我們。雖然對亞絲塔露蒂不好意思，可不可以幫我們跟那月美眉聯絡看看？」

「命令領受（Accept）。」

人工生命體少女頷首。形式上亞絲塔露蒂是歸由南宮那月保護管束，要透過特區警備隊捎訊息給那月，還是交給她才恰當。

「那麼，妾身和夏音在這段空檔先去準備晚餐好了。如你們所見，材料已經買好了。」

妮娜用了賣人情的口氣宣布。夏音帶來的大量行李中，似乎是晚飯的材料。

「那倒是感激不盡……好意外耶，先不提叶瀨，原來妳也會做菜啊？」

古城訝異地問了妮娜。妮娜的確是個傑出的鍊金術師，但是從她平時的言行完全無法想像她能做出正常料理。

妮娜用獰笑回應古城那單純的疑問。

「別把人看扁，妾身可是窮究天工偉業（Magnus Opus）之人。就讓你們嚐嚐妾身故鄉的帕爾米亞料理精髓。兩百年沒好好露一手了呢。」

「妳兩百年沒做菜，這樣不要緊嗎！真的不要緊嗎！」

古城背後冒出冷汗驚呼。

「……不好意思，姬柊妳能不能看著她們做菜……姬柊？」

古城低聲喚道，雪菜卻沒有立即反應。彷彿凝望著遠方的她眼神茫然，卻屏息露出格外認真的臉色。

遲了一會，她才察覺古城曾向她搭話。

「啊，學長，對不起。」

「……有什麼狀況嗎？」

古城正色問道。雪菜微笑著搖頭說：

「不，沒事。我只是有種被別人窺視的感覺。我想是心理作用，畢竟這棟公寓已經布了驅離入侵者的結界。」

「是、是喔？」

「是。所以妮娜小姐的菜就交給我來調味吧。」

雪菜說著得意地抬起臉。她指著的姬柊家廚房裡，莫名擺著大量的美乃滋庫存。

「好、好啊……」

古城望著使勁挽袖的雪菜，無助地點了點頭。

在他旁邊，異國少女帶著夢魘般的神情靜靜地繼續沉睡著。

2

南宮那月接到聯絡，是在機場頂樓的瞭望廳。手機螢幕上顯示著登錄過的陌生號碼。

『嗨，老師美眉，過得好嗎？是我啦，是我——！』

從播音孔傳出來的是一陣格外親暱的中年男性說話聲。那是那月有印象的嗓音，亂有魅力的聲線聽了反而讓人火大。

「……」

那月不帶感情地蹙起眉，然後默默切斷通話。

她想直接把手機收回包包，在那之前來電聲卻再次響起了。傷腦筋——那月發出長長嘆息，無奈地將耳朵湊向手機。

『喂喂喂，連聲問候都沒有就忽然掛掉也太狠了吧。至少讓我為笨兒子受妳照顧的事說聲感謝嘛。』

「……有什麼事，盜掘頭子？我可沒排和你們父子倆親師對談的行程。」

那月冷冷地回話。

來電者是曉牙城。對那月而言，這名男子是自己學生的父親。

根本來說，那月從對方的兒子就讀彩海學園以前就已經認識「曉牙城」這名人物了。曉牙城是考古學家，而且還是走遍世界各國的紛爭地帶，並在戰火動亂中掠取發掘品，行徑和趁火打劫只有一線之隔的實地考察工作者。

那月和這樣的他曾在某「戰場」見過面。

『我想提供一點情報（爆個料），希望能給妳做參考就是了——』

曉牙城難得用了認真的態度開口。

那月露出露骨的提防臉色。據傳言，曉牙城應該在前些日子剛動身到「混沌境域」一帶的遺跡進行發掘調查。

「提供情報（爆料）是嗎？你人在哪裡？」

『我剛到羽田機場。外傳的那場內戰害發掘調查（工作）告吹啦，現在我正要帶女兒回鄉。不過日本的機場便當還真貴耶，連機內提供的啤酒也在不知不覺中漲價，真是敗給他們了。』

「趕快說正事，假如你不想被老婆知道自己以前幹過什麼勾當的話。」

那月的口氣更尖銳了。隔著電話回路傳來了牙城苦笑的動靜。

『ＯＫ，了解啦，談正題。妳認得安潔莉卡．哈米達這女的嗎？』

「……不，我不認識。」

那月思考了片刻然後搖頭。

基於工作性質，對於高竿的攻魔師或魔導罪犯的姓名，她有自信只要聽過一次就不會忘。不過安潔莉卡．哈米達這名字倒是頭一次耳聞。

我想也是——牙城淡然說道。

『怪不得妳啦。因為這傢伙不算普通的魔導罪犯。』

「她是什麼人？」

『Zen Force——美利堅聯盟國陸軍特種部隊的中隊長大人。』

「軍人？」

『沒錯。階級為少校，在四年前的安地斯聯邦內戰時，她是以政府陣營的軍事顧問身分參戰。據說她率領四十四名隊員，殺了近兩千個游擊隊分子，綽號叫作「染血者」安潔莉卡——雖然體格有點高大，不過是個美女呢。穿了名牌的昂貴大衣以後，說是年輕貴婦也讓人信得過。』

「……為什麼你會知道這些，曉牙城？」

牙城敘述得有如親眼所見，讓那月的神情變得凝重。

也是啦——牙城不正經地失笑開口：

『因為，我剛剛才和她錯身而過。』

「什麼……！」

『當時她是在羽田的出境廳等待飛往絃神島的飛機班次。現在差不多到妳那裡了。雖然沒能確認同行者有誰，不過最少會有成員跟她組成四人分隊(Unit)行動才對。』

牙城的口氣就像閒話家常。那月不悅地撇著嘴說：

「所以你什麼也沒做，還眼睜睜地看著那些傢伙來？」

『當然啦。妳對小老百姓期待什麼啊？我女兒的安全絕對擺第一優先嘛。』

嘖——那月粗魯地咂嘴。

雖然這令人火大得難以置信，不過牙城的那套說詞有理。

就算牙城身懷傭兵水準的作戰技能，終究是一介民眾。他沒有理由和安潔莉卡・哈米達作對。

「美利堅聯盟國嗎……他們最近在『混沌境域』周遭似乎有小動作。」

『既然妳了解就好談啦。唉，就這麼回事，那邊交給妳了。』

掰——牙城說完便擅自切斷電話。

那月瞪著變安靜的手機，又一次咂嘴。

正如曉牙城所點出的，從羽田起飛的定期班機幾分鐘前剛抵達絃神島。那班飛機的乘客現在應該正要前往審查入島的櫃台。

安潔莉卡・哈米達的目的不得而知。可是，很難想像他國的特種部隊人員會沒事跑來遠東的「魔族特區」，想成和「渾沌境域」的內戰有關八成不會錯。

中美的「混沌境域」是由第三真祖「混沌皇女」統治的夜之帝國。

在這座絃神島上則有第四真祖——

「……來得及嗎？」

那月拿出了用來和特區警備隊聯絡的專用無線電。

思考先擱到後頭。不能讓安潔莉卡・哈米達進絃神島，趕在她那些人馬到市區以前就要在機場裡先將人拿下。那月正想如此命令特區警備隊的負責人，隨後——

傳到她耳裡的是忽然響起的激烈槍聲以及人們逃竄的尖叫。

3

「啊～～……」

在雪菜公寓的廚房裡，兩個國中生和一具人偶正默默地進行烹調。古城滿臉不安地冒著冷汗注視她們幾個。

獨居的雪菜只擁有最基本的烹調器具。從削蔬菜皮、將肉塊去骨還有開罐頭，她全都靠一把野戰刀就解決了。

現在雪菜剛好用力敲碎了熬湯用的牛骨。她在狹窄廚房裡揮舞大把刀子的模樣，與其說是做菜，更容易讓人產生某些可怕的聯想。

在這樣的雪菜旁邊，夏音正用中華鍋炒東西。

雖然還不到意外的程度，不過夏音的烹飪技術屬於國中生的平均水準，手法很仔細，但即使恭維也稱不上俐落，坦白講看了讓人覺得很危險。古城提心吊膽地望著被鍋子重量折騰來折騰去的她，心情好比偷偷守候著幼稚園小朋友出門幫家裡跑腿的爸爸。

「那……那個，有沒有什麼能讓我幫忙的？」

終於按捺不住的古城朝兩人開口。於是──

「啊，大哥，對不起，你擋到我了……」

「咦？唔哇！」

當著被叫喚而轉過頭的古城面前，夏音手裡的中華鍋起火了。鍋裡熱油碰到爐子的火舌，才會著火燃燒。

古城仰著上半身，對眼前熊熊燃燒的火柱問：

「那是在搞什麼？做菜嗎？那是在做菜嗎？」

「別操心，這種烹調方式叫做『過火』。帕爾米亞料理最要緊的就是火，只要是頂尖廚師，都能像這樣把火操控得跟手腳一樣自如。」

妮娜傻眼地望著心慌的古城，一臉熟門熟道的表情告訴他。

「呃……我覺得她根本操控不來耶。還有那跟帕爾米亞也沒關係，單純是中華料理嘛。做菜基本上都是讓叶瀨動手，妳態度幹嘛這麼囂張？」

「憑妾身的個子甩不了鍋啊，這也沒辦法。來弄後續的食材吧。夏音，準備肉。雪菜，麻煩妳先處理魚。」

「是，院長大人。」

夏音順從妮娜的指示，從冰箱裡搬出生肉。她開始朝生肉默默禱告，像是在獻上祈禱。這奇特光景讓人摸不著頭緒。

另一方面，雪菜將神祕物體擺上砧板後說：

「學長，能不能請你離遠一點？」

「喔……欸，等等，這什麼啦！」

「我想是深海魚的一種。」

擺在那裡的，是和大團明膠一樣極富彈性的不定形物體。

整體長滿了黑黑的斑點，瞪得斗大的眼珠要說可愛倒也無妨。假如沒有那條聊勝於無的小小尾鰭，實在不會讓人覺得是魚，感覺是將河豚、鯰魚、鮟鱇、史萊姆加起來再除以四的謎樣生物。

「這……這能吃嗎？」

「別操心。這在妾身生長的故鄉是最頂級的食材喔。」

真的假的——古城對妮娜自豪的解說發出嘆息。

「喂，姬柊。」

「沒、沒問題。因為我在獅子王機關受過求生訓練……！」

握緊野戰刀的雪菜像是在說服自己。與其說她有自信能剖開食材，那幾乎只是在逞強。

然而雪菜扎下去的刀卻被裹覆著深海魚的神祕黏液阻擾。

意外陷入苦戰的雪菜挑起眉，半賭氣地抽出了另外一把刀。她交互揮舞左右雙刀，再度和深海魚展開死鬥。

「……抱歉，就交給妳了。」

古城說著離開廚房。這似乎不是他處理得來的狀況。

剩下的只有祈禱那些人端得出吃了不會有事的玩意。古城無法不期望要是這時候有凪沙在有多好。

「唉……」

古城一邊嘆氣一邊前往瑟蕾絲妲所在的寢室。

亞絲塔露蒂默默守候著瑟蕾絲妲沉睡的模樣。人工生命體少女察覺古城接近，靜靜地抬起頭。

「亞絲塔露蒂，瑟蕾絲妲的狀況怎樣？」

「持續睡眠中。觀測到眼球急速運動及骨骼肌弛緩。腦波狀態為θ波占優勢。脈搏、呼吸有紊亂情形。」

「呃……那是什麼意思……？」

一大串陌生的專門用語讓古城困惑地反問。亞絲塔露蒂面無表情地眨眼說：

「我想她是在作夢。」

「作夢啊……看來並不是好夢的樣子。」

古城望著瑟蕾絲妲的睡臉嘀咕。瑟蕾絲妲咬緊嘴唇的表情看起來像是在為夢魘所苦，也像是在哭。

「我提議。請求出借行動電話。允許我再次嘗試和南宮教官通話。」

亞絲塔露蒂忽然如此說著向古城伸出手。

「咦？啊，妳的意思是要再跟那月美眉聯絡一次看看嗎？」

古城將自己的手機交到亞絲塔露蒂伸過來的手上。儘管她從剛才就反覆撥過好幾次電話，至今仍然無法聯絡上正在執行任務的那月。

「那麼，這邊暫時讓我來照料。」

古城說著坐到了床的旁邊。雖然他對醫學知識毫無涉獵，陪伴沉睡的瑟蕾絲妲這點事倒還做得來。

「感謝你，第四真祖。」

亞絲塔露蒂低頭行禮並走出房間。

變得沒事可做的古城只是茫然呆望著沉睡的瑟蕾絲妲。

淡褐色皮膚及蜂蜜色頭髮；遺傳到各民族血統的人特有的端正臉孔。不過那張睡臉稚氣得正符其年齡，讓人覺得她並不是什麼特殊的存在。

簡單說，瑟蕾絲妲就是個漂亮一點的普通女生罷了。

畢竟亞絲塔露蒂也診斷出她並非魔族，待在旁邊也感受不到魔法一類的氣息。瓦特拉那種人會將她放在心上的理由，古城一個也想不到。

那個男人之所以將瑟蕾絲妲送來古城身邊，會不會和平時一樣就為了整人——？

當古城開始抱有如此疑問時，瑟蕾絲妲忽然和他對上眼了。

理應沉睡著的瑟蕾絲妲睜開眼皮，用褐色的水靈大眼睛仰望著古城的臉。或許她還沒有完全醒來，眼睛並未對焦。

「呃……嗨……」

古城為了表示自己沒有敵意，就先舉起手向她打了招呼。結果——

瑟蕾絲妲那雙凝望著古城的眼睛忽然冒出了眼淚。

「Su Excelencia……（註：大人……）」

瑟蕾絲妲的唇間吐露出話語，是古城聽不懂的異國語言。

「咦？」

「¡Su Excelencia Señor Vattler! ¡Yo naci para amarte! ¡Quiero verte!（註：瓦特拉大人！我是為了愛你而生的！我好想見你！）」

瑟蕾絲妲猛然起身，然後朝滿腦子迷糊的古城直接抱了過來，熱情得有如跟離別的情人重逢——

「等……等等，瑟蕾絲妲！冷、冷靜點！清醒一下！」

全身僵住的古城聲音變調叫了出來。瑟蕾絲妲胸脯的彈力隔著T恤布料傳來。抽抽噎噎的她呼氣都會刺激到古城的頸根。

「¡Su Excelencia! ¡Su Excelencia Señor Vattler! Si, me salvaste la vida……（註：大人！瓦特

拉大人！你救了我的一生……）」

瑟蕾絲姐用哭得含糊不清的嗓音叫喚。古城勉強聽出了幾個單字，頓時回過神來。

「瓦特拉……？妳把我和瓦特拉那傢伙搞混了嗎！」

古城硬是把瑟蕾絲姐扯開，然後探頭看了她的臉。

瞬時間，瑟蕾絲姐的眼睛將古城看清楚了。她看似無法置信地眨了幾下眼睛，詫異得整張臉緊繃。

於是，深深吸了一口氣的瑟蕾絲姐放聲尖叫。

「呀啊啊啊啊啊啊啊啊啊啊！」

「——好痛！」

被瑟蕾絲姐狠狠打了一巴掌的古城直接撞上牆壁。

「¿¡Quién eres tú!? ¿¡Dónde está !? ¿¡Por qué me engañas!? ¡Qué bestia! ¡Hentai!（註：你是誰？這裡是哪裡？你為什麼要騙我！你這禽獸！變態！）」

瑟蕾絲姐縮到床的一角並快嘴快舌地喊個不停。她那雙瞪著古城的眼睛只顯露出恐懼及憎惡之色。

聽到這陣騷動的雪菜等人連忙趕來寢室問：

「學長？剛才那是什麼聲音！」

結果雪菜等人目睹的是淚汪汪地發著抖的瑟蕾絲妲，以及古城臉上留著鮮明掌印的模樣。雪菜那雙注視著古城的眼睛失去了所有感情。

「……學長……你對瑟蕾絲妲小姐做了什麼……？」

「等……等等，姬柊，不是那樣的……！」

古城急得猛搖頭。夏音看著這樣的他，難過地搖搖頭說：

「我本來很相信大哥……可是……」

「莫非連第四真祖這等人物也會犯下卑劣的性犯罪？這都是性衝動因年輕氣盛而失控的關係嗎？」

妮娜抓著夏音的肩膀，用了莫名有所領悟的語氣開口。不僅如此——

「我表示反省。是我監督不周。」

回來的亞絲塔露蒂用一如往常的淡然語氣短短嘀咕。

「夠了！妳們幾個慢著！竟然因為我不吭聲就擅自把人當成罪犯！是這傢伙自己抱過來的啦！」

被所有人一起投以責備眼神的古城這才惱羞成怒地指向瑟蕾絲妲大吼。瑟蕾絲妲頓時嚇得肩膀發抖。看到這幕景象的雪菜悄悄嘆息說：

「她抱了學長啊……原來如此……」

她那不帶溫度的嗓音流露出掩飾不住的怒氣。

不對，冤枉啊——古城無助地搖頭，然後仰望天花板大叫：

「這全是誤會啊啊啊啊啊啊！」

4

那月扭曲了空間進行轉移。

她的目的地是位於機場大樓頂樓的警衛管制室，指揮機場裡一切警衛的司令塔。令人聯想到軍艦艦橋的房間裡，有八名操作員和管制室長待命。

他們平時的業務說來乏味，就只是答覆警衛的問題，還有默默關注監視器影像而已——然而今天不同。管制室內的螢幕被無數警示占滿，你來我往的叫喊讓無線電回路接近超載。在拚命敲鍵盤的幾位操作員背後，室長正茫然杵著。

「什麼狀況，室長？」

那月草草問了臉色發青的管制室長。

「南、南宮攻魔官！」

室長注意到她的身影，臉上便露出得救似的神情。

那月身為獨立的國家攻魔官，與其看作特區警備隊的正規隊員，定位算起來更接近保鑣。平常她被當成礙事分子的情況比較多，只有緊急時才會受人依靠。而且，現在似乎就是那緊急的時候。

「審查入島的閘口發生騷動！有偽造文件嫌疑的旅客在被領到其他房間以後，好像試圖強行闖關——！」

「是搭羽田起飛的班次到這裡的女人吧？」

那月仰望管制室的螢幕嘀咕。

生事的乘客身影已經被鎖定了。身上大衣附有皮草的白人女性。和牙城在電話中轉達的那個叫「安潔莉卡·哈米達」的女子特徵一模一樣。

身材消瘦但姿勢端正，手腳修長；灰色頭髮削得挺短，因此給人時尚模特兒般的印象。然而有見識的人一看，八成會立刻察覺她那不是模特兒的身段，而是受過訓練的軍人儀態。

「該死，都跟曉牙城(那傢伙)預料的一樣嗎……！馬上轉告分隊長，敵人是軍方的特種部隊。即使看對方手無寸鐵也不要大意，附近恐怕還有她的同夥。」

那月攤開以蕾絲鑲邊的扇子並開口告知。

安潔莉卡·哈米達已經打倒了好幾個有意將她制伏的警衛。而且在武裝過的特區警備隊隊員包圍下，她仍舊悠然走著。儘管特區警備隊不斷提出警告並開火威嚇，安潔莉卡對那些卻不顯在意。

「特種部隊……？可是，在她並未持有武器和魔具的狀況下，到底有什麼好擔——」

管制室長想反駁那月。

不過在他把話說完以前，其中一名操作員先叫了出來：

「第、第六分隊有兩名隊友負傷——！不對，負傷者八名！通訊中斷！全軍覆沒了！」

「什麼！」

室長臉色僵凝。那月面無表情地瞥了螢幕一眼，但是附近的監視器已經被破壞。安潔莉卡．哈米達和她的那些部下開始認真行動了。

「第五區塊的外牆遭到突破！第五、第七分隊沒有回應！一幫犯人即將到達入境廳！」

「唔……！盡速召集所有能應對的部隊。封鎖閘口！別放他們逃走！聯絡特區警備隊本部跟人工島管理公社！動作快！」

「慢著，室長，閘口不封鎖。」

那月打斷管制室長的話。室長彷彿難以置信地瞪大了眼睛。

「可……可是，攻魔官！」

「民眾安全優先。那幫人可是徒手就打穿外牆了，即使封鎖閘口也沒用。假如你想在大廳內展開槍戰，我倒不會勉強阻止。」

「那、那樣的話……不，妳說的確實沒錯……！」

那月冷靜的指正讓室長冒出了把話吞回肚裡的動靜。即使因為突如其來的騷動亂了陣腳，他似乎並不是無能到連狀況都判斷不了的男人。

「通、通知各分隊長！避免無謂交戰，將普通旅客的安全保障視為第一優先！」

「了解。通知各分隊長。解除閘口封鎖！」

「閘口封鎖解除！」

「第十三分隊，通訊中斷！請求出動醫護班——！」

管制室內的混亂逐步加劇。然而在另一方面，現身於入境廳的安潔莉卡·哈米達等人反倒肅然地繼續走著。那些人十分明白，憑特區警備隊的戰力攔不住他們。

「傷勢不致於喪命嗎？還真是忠於原理啊，安潔莉卡·哈米達。」

那月在口中咕噥。

安潔莉卡的部隊走過之後，現場僅剩眾多滿身是血倒地的警衛。

雖然所有人都受了重傷，但尚未有警衛殉職。安潔莉卡等人下手時刻意避開了要害。

不過，那不代表安潔莉卡等人對敵方手下留情。

有痛苦的傷患就能讓敵軍士氣降低，消耗兵力在搬運及治療。刻意不殺敵兵，這就是戰場上的原理。

安潔莉卡的部隊遵守著這條原理。

這項事實給了那月另一項情報。

那就是安潔莉卡這幫人並非單純以罪犯的身分行動。他們終究是軍人，這就代表潛入絃神島是他們隸屬的美利堅聯盟國陸軍的作戰行動一環。安潔莉卡・哈米達與她的部下是為了完成某項任務才會登陸絃神島。

「稍微試試好了——」

那月走向管制室窗邊，剛好可以從正上方俯視安潔莉卡等人從機場大樓離開。接著她拿起折好的扇子一揮。

就在隨後，安潔莉卡等人腳下的地面如漣漪般生波蕩漾了。

銀色鎖鏈從地面吐出。那是眾神鍛造的擒縛用魔具——規戒之鎖（Læðingr）。

那月操控無數鎖鏈，將安潔莉卡・哈米達高大的身子綑縛——

「……唔！」

說時遲那時快，一陣眩目的紫色閃光竄過安潔莉卡周圍的空間。

受那陣光芒籠罩的銀鏈因而彈開。緊接著管制室的玻璃窗便毫無預警地當著那月的面粉碎了。

「攻、攻魔官……！」

管制室長聲音顫抖地喚了那月。那月不作回應，只是隨手揮了揮扇子，將撒到全身的玻璃碎片拂落。

「受不了……這可是我鍾愛的一套衣服呢。」

那月口氣不悅地說。她本身幾乎毫髮無傷。然而那月穿的豪華禮服已經被玻璃碎片割裂得慘不忍睹。

受那月鎖鏈攻擊的瞬間，理應手無寸鐵的安潔莉卡釋出了一股足以匹敵舊世代吸血鬼的龐大魔力。反撲到那月身上的，正是那一股沿著鎖鏈逆流的魔力。

安潔莉卡．哈米達默默抬頭，瞪向待在管制室的那月。

兩人僅有一瞬對上眼。安潔莉卡就這麼離去，那月無言地目送她。一切都發生於剎那。

「『染血者』安潔莉卡是嗎……妳欠的這筆帳可大了。」

那月揚起小巧的嘴脣，優美地笑了。

在她眼前，有整片絃神島的傍晚景致。

受眩目夕陽照耀的街景宛如沉浸於鮮血，呈現出不祥的深紅色調。

5

妮娜．亞迪拉德是鍊金術師。構成她那副不滅之軀的是名為「賢者靈血」的液態金屬生命體。

有鍊金術極致境界之稱的活金屬——「賢者靈血」，本身即為龐大的魔力來源，更是可以自由改換樣貌的高性能魔具。

而妮娜用一部分的「賢者靈血」製造了小小的銀色耳環。她將那戴在至今仍神色不安的瑟蕾絲妲耳朵上。

「這樣就行了。雖然沒辦法讀與寫，光用對話應該能溝通。」

妮娜唸了短短的咒語以後，耳環表面就浮現出魔法符文。翻譯用的魔具啟動了。

「謝謝妳，妮娜小姐。妳幫了我們大忙。」

雪菜殷勤地行禮。瑟蕾絲妲方才終於醒來，一群人卻因為語言不通而感到頭痛。照妮娜所說，瑟蕾絲妲用的語言雖與「混沌境域」的官方語言相近，但仍有微妙的差異。那一點恐怕就是得知瑟蕾絲妲出身地的線索。

「真不愧是院長大人。」

夏音一邊微笑一邊捧起妮娜。妮娜一臉驕傲地擺著架子說：

「嗯，儘管讚美吧。對於通透鍊金術精髓的妾身而言，這點法術可是形同兒戲。」

「……只要妳不那樣自賣自誇，感覺多少會有一點威嚴啦。」

一臉嘔氣的表情這麼說的人是被放倒在地的古城。

古城之所以會被鎖鏈束縛住手腳，是為了讓害怕的瑟蕾絲妲安心而採取的措施。順帶一提，用古城那件連帽衣鍊製出鎖鏈的，當然也是鍊金術師妮娜。

妮娜望著鬧脾氣的古城，一臉傻眼地搖頭回嘴：

「妾身可不想被樂於被鎖鏈束縛的變態真祖嫌棄吶。」

「我才不高興！既然誤會解開了，就快點放開我！還有我這件連帽衣，應該能恢復得和原來一樣吧！」

「沒問題。或許會少了兩三成的體積，不過你別操心。」

「不操心才怪！連帽衣縮水兩三成不就綁得緊緊的了！」

「——學長，請你安靜一點。」

雪菜責備放聲抗議的古城。然後，她用像是對待有戒心的小動物的態度，朝在床上環抱小腿的瑟蕾絲妲開口：

「瑟蕾絲妲小姐，妳能聽懂我說的話嗎？妳是瑟蕾絲妲．夏緹小姐──對不對？」

異國少女對雪菜的招呼起了反應，緩緩抬起臉。

瑟蕾絲妲眼裡浮現的是掩飾不盡的猜疑之色。她盯著雪菜全身上下打量了一圈，然後嘲弄似的微微哼聲笑道：

「問別人以前，先報上自己的名字如何？土氣女。」

「土、土氣……？」

雪菜沒想到會被原本態度畏縮的瑟蕾絲妲臭罵，一瞬間說不出話來。

話雖如此，和身材火辣且樣貌豔麗的瑟蕾絲妲相比，雪菜給人的印象較薄弱也是事實。

雪菜似乎對這一點還算有自覺，立刻就改換心情說：

「是我失禮了。我叫姬柊雪菜，是獅子王機關的劍巫。」

「劍巫？獅子王機關？」

瑟蕾絲妲疑惑似的微微歪頭。看來靠妮娜的翻譯魔法，似乎無法翻譯不包含在當事人知識裡的專有名詞。

雪菜察覺到這一點，立刻搖頭更正：

「啊……簡單說就是巫女。戰鬥型的。」

「巫女？妳也是？」

瑟蕾絲妲看似訝異地挑起眉。她不經意的一句話讓雪菜稍稍瞇起眼睛。不過瑟蕾絲妲對雪菜的興趣似乎僅止於此，聳了聳肩又問：

「好啦，那個變態是什麼人？」

「妳叫誰變態！」

古城依然一副被放倒在地上的模樣，還氣得齜牙咧嘴。他應該沒有道理要被幾乎形同初次見面的人叫成變態。

然而，瑟蕾絲妲咄咄逼人地探出身子瞪著古城罵：

「變態這個稱呼讓你不滿意，那改叫騙徒好了。你這罪犯！人渣！居然偏要裝成瓦特拉大人來吸引我！」

「那種傢伙誰要裝啊！是妳自己睡迷糊搞混的吧！」

「吵死了，變態！雜碎男！堆糞蟲！」

「唔，妳這裝箱女憑什麼講別人……！」

古城被瑟蕾絲妲用惡言惡語一面倒地數落，只能咬牙切齒地咕噥。

不過，瑟蕾絲妲自己似乎也因為突然太激動的關係，喘不過氣而咳了幾下。或許她被冷凍保存的後遺症還沒完全痊癒。

夏音不忍心看她痛苦，就悄悄溜出寢室，倒了杯水回來。

「請問，妳要喝水嗎？」

「謝……謝謝。」

瑟蕾絲妲尷尬地臉紅，並接下夏音遞過來的杯子。面對溫和微笑著的夏音，似乎連瑟蕾絲妲也不太好意思兇。

「妳的名字是？」

「叶瀨夏音。我是雪菜的朋友。在這邊的是院長大人和亞絲塔露蒂小姐。」

「……院長大人？」

瑟蕾絲妲將困惑似的視線轉向妮娜。身高不足三十公分的謎樣女子，而且能隨心所欲地改換面貌，還會使用奇異的法術。瑟蕾絲妲會覺得詭異也是難免。

「妾身是妮娜·亞迪拉德，也有人稱妾身為古時的大鍊金術師。」

但是妮娜全然不管瑟蕾絲妲抱持的困惑，大方地報上名號。

「是、是喔……」

瑟蕾絲妲的表情越顯混亂，不過她似乎一下子就做出了「反正搞不懂」的結論。她大大地嘆了口氣並改變話題。

「……好啦，那個變態是什麼人？」

「那一位是大哥。」

夏音回答了指著古城的瑟蕾絲妲。瑟蕾絲妲看似訝異地睜大眼睛問：
「大哥？妳是他妹妹？」
「不，大哥他是凪沙的哥哥。」
夏音立刻笑咪咪地回答。苦惱的瑟蕾絲妲皺了眉頭。
「妳說的凪沙又是誰？」
「是我的朋友。」
「抱歉……妳說的話，我完全聽不出頭緒。」
瑟蕾絲妲喪氣地垂下肩膀。似乎看不下去的古城無奈地嘆氣。
「凪沙是我妹啦。叶瀨和姬柊是她朋友。」
「呼嗯。」
一開始就這麼說嘛——瑟蕾絲妲不高興地瞪了古城。
古城慵懶地撇嘴，回瞪她說：
「我是曉古城。叫我古城就好。然後呢，妳是被人用宅配送來我家的，寄件人的名字是寫瓦特拉。關於這個妳心裡有沒有譜，瑟蕾絲妲？」
「……給我加上『大人』。」
瑟蕾絲妲壓低聲音喃喃嘀咕。

「啥？」

「我叫你不要直呼瓦特拉大人的名諱啦，變態！」

「這種小細節無所謂吧！」

古城硬是只靠腹肌挺起身回嘴。瑟蕾絲妲卻激動地甩亂頭髮說：

「哪有可能無所謂！我只剩瓦特拉大人可以依靠了……可是，為什麼要把我送來這種傢伙的身邊……」

「先跟妳說清楚，困擾的是我啦……！」

瑟蕾絲妲想不開的臉讓古城講話的語調變溫和了一些。

古城當然沒理由對瓦特拉表現出敬意。想到那男人以往的所做所為，直呼他的名字都還算客氣。

可是，那些和瑟蕾絲妲無關。根本來說在這次事件中，被裝箱送到陌生男人身邊的她或許才是頭號受害者。

「所以說，結果妳也不知道嗎？關於妳被送來我這裡的原因——」

「拜託，我剛剛就那樣講了嘛！你白痴嗎？你就是白痴對吧！」

「啥！」

「停！請等一下，學長——！坐好！」

雪菜用了管教家犬般的語氣，制止差點被瑟蕾絲妲罵得發火的古城。

然後雪菜望向異國少女，確認般嚴肅地問道：

「瑟蕾絲妲小姐……難道說，妳沒有記憶嗎？」

「唔……！」

瞬時間，瑟蕾絲妲的臉明顯變得緊繃。

她默默低下頭，用力咬住嘴脣。古城茫然看著她的反應，忍不住呆呆地開口：

「沒有記憶……？」

「怎……怎樣啦？你有意見嗎？」

瑟蕾絲妲粗魯回嘴的嗓音裡已經少了之前的那種尖銳。

她失去了記憶，連自己的名字也不記得。這麼一想，她被雪菜問到名字時的反應也就可以理解了。

瑟蕾絲妲對古城咄咄逼人的態度，和她心裡的不安是一體兩面。那大概是她為了掩飾自己喪失記憶，才努力假裝出來的氣勢吧。

是的，瑟蕾絲妲沒有記憶。唯獨有關瓦特拉的事，她還沒忘——

「啊……呃，怎麼說呢……是我不好。抱歉。」

古城不甘願地低頭賠罪。

瑟蕾絲妲尷尬地皺起臉——

「何……何必這樣。道什麼歉啊？噁心。你以為這樣就占上風了嗎？」

她鬧彆扭似的這麼說了。古城變得客氣，好像還是讓她不滿意。

「呼嗯，原來如此……妳會欠缺記憶，是在極近距離下承受強大魔力所致。所以遇見迪米特列．瓦特拉，就是妳最原始的記憶？」

妮娜爬到瑟蕾絲妲頭上說道。

瑟蕾絲妲生厭地仰望坐在自己頭頂的鍊金術師說：

「是那一位救了我。他救了差點在神殿被殺的我。」

「……神殿？」

雪菜起了戒心似的嘀咕。瑟蕾絲妲在某座神殿差點被殺時遇見瓦特拉，然後就被人送來絃神島了——那正是她擁有的所有記憶。

「亞絲塔露蒂，能不能讓這傢伙恢復記憶？」

古城小聲地問了人工生命體少女。

亞絲塔露蒂卻依然面無表情地搖頭回答：

「由於找不出頭部外傷或使用藥物的跡象，研判為心因性失憶。透過魔法或催眠療法強行恢復記憶將伴有風險，因此無法鼓勵那麼做。」

「這樣啊……」

古城露出鬱悶的臉色，然後又看向瑟蕾絲妲。

他那種認真的態度讓瑟蕾絲妲看似意外地疑惑了一下。

「怎、怎樣啦？」

「呃，沒事。因為我也有類似的經驗……無論是再怎麼痛苦的記憶，回想不起自己的事情還是很難受吧。」

「別、別拿我和你相提並論。我有關於瓦特拉大人的記憶就夠了……」

拚命逞強的瑟蕾絲妲雙頰逐漸染上淡淡紅暈。或許是因為那樣，她嚴肅的神情感覺也沖淡了一點。

於是在瑟蕾絲妲的緊張感舒緩以後，她那接收到信號的肚子就發出了怪聲。

健康而傻氣的咕嚕聲——

「請問，要不要吃飯了呢？」

夏音溫柔地朝羞得垂下頭的瑟蕾絲妲招呼。

沒人反對。

6

排在餐桌上的，是用大盤子盛得滿滿的眾多陌生料理。

每道菜的色彩都異常繽紛，從出爐的模樣難以想像是經過何種手續才烹飪出來的。連東西是煮的、烤的、炒的都無法分辨。

不過香料的氣味強烈撲鼻，莫名刺激食慾。

「這是你們國家的料理？」

瑟蕾絲妲用叉子尖端戳了戳分到的料理，看似不安地問。

古城用湯匙舀起濃稠的膠狀流體——

「不……至少我想這並不是日本的食物……」

然後語氣含糊地如此回答。

在他旁邊，亞絲塔露蒂正用機械性動作將料理送進嘴裡。她輕鬆地掃平了盛得高高的整盤菜，並且用餐巾擦了擦嘴，咕噥著說出感想：

「美味。」

「真的假的……」

古城信了亞絲塔露蒂說的，下定決心朝料理伸出手。瑟蕾絲妲也畏畏縮縮地拿起餐具。

「……真的耶，好吃。」

說來難以置信，但妮娜的料理十分可口。雖然口味稍嫌辛辣，口感卻極佳，絕妙的芳醇及鮮味在口中擴散開來。那種古里古怪的食材能變成這等美味，完全出乎意料。

「哼。味道的確不錯。」

連嘴巴壞的瑟蕾絲妲都在置評後就不吭聲了。

「當然。畢竟是妾身監督做出來的啊。」

被夏音捧在腿上的妮娜得意地挺起了胸脯。實際負責做菜的夏音和雪菜也給人心情大好的感覺。

「學長，還要的話，我幫你再盛一盤沙拉。」

雪菜說著從古城手裡接過了變空的盤子。

「啊，不好意思……謝啦。」

「不會。還有學長，你下巴沾到醬料了喔。」

「咦？是嗎？」

「是啊，現在擦掉了。」

伶俐得像新婚妻子的雪菜幫古城擦掉了臉上的汙漬。他們倆的和睦模樣被瑟蕾絲妲排斥似的用斜眼瞪著。

「欸……土氣女，妳和那個變態是什麼關係？你們在交往嗎？」

「咦……？」

瑟蕾絲妲不禮貌的問題讓雪菜聲音變了調。

古城生厭地回望瑟蕾絲妲。他覺得自己好像在短短二十四小時前也被問過類似的問題。

「哪有可能啊，裝箱女。」

「對呀。我單純是監視者！」

「什麼意思啊？莫名其妙。」

瑟蕾絲妲瞪著連反駁都完全合拍的古城和雪菜，傻眼地搖了頭。

在旁邊望著那一幕的妮娜和亞絲塔露蒂也對瑟蕾絲妲表示同意似的默默點頭。

唉，隨便啦——瑟蕾絲妲興味索然地嘀咕並說：

「對了，你們幾個是瓦特拉大人的家臣嗎？」

「為什麼我非要當那傢伙的家臣啦！」

就算開玩笑也別那麼說——古城渾身起了雞皮疙瘩並且抗議。

瑟蕾絲妲不悅地氣得噘了嘴。

「不是嗎？既然如此，為什麼瓦特拉大人要把我託付給你？」

「我才想知道為什麼。」

古城一臉痛苦地自言自語。總算醒來的瑟蕾絲妲沒有記憶，瓦特拉到現在也仍未聯繫。

「戰王領域」的貴族真意為何，依然是不解之謎。可是——

「因為照常識來想，把人擱在古城身邊應該是最安全的。」

妮娜回答得沒多大興趣。

瑟蕾絲妲瞠目結舌地質疑：

「安全？在這變態的身邊會安全？」

「早說過我不是變態了吧！」

古城粗魯地揮開瑟蕾絲妲用來指著他的右手。

瑟蕾絲妲靠古城極近，瞪著他說：

「你明明就碰了我的胸部！」

「是妳自己抱過來的吧！」

「啊……！」

當古城也朝瑟蕾絲妲瞪回去的瞬間，雪菜像是發現什麼盲點似的冒出了聲音。

「姬柊？」

「怎樣啦，土氣女？」

古城和瑟蕾絲妲同時望著雪菜問。

可是雪菜沒回答。她只是微微低著頭，自問自答似的嘀咕著。

「這樣啊……是這麼一回事……我應該早一點察覺的。」

「怎樣？妳在說這個廢渣男的色狼行為嗎？」

「我說過我又不是想摸才摸的！」

「不，那不重要。因為我從最初就知道學長很下流了。」

雪菜不表關心地搖頭。古城忍不住憤慨地說：

「為什麼啦！」

「我想到的不是那個，而是奧爾迪亞魯公將瑟蕾絲妲小姐託付給學長的理由。除了第一真祖『遺忘戰王』以外，被那一位認同和他具備相等以上的戰鬥能力的人，恐怕就只有學長而已——對不對？」

「哎，或許是啦……」

古城不太想承認這個事實，但還是無奈地點了頭。

身為戰鬥狂的瓦特拉會關心的唯一一件事，就是「力量」。

連敵我概念都模糊不清的那名男子，只會對自己認同有交手價值的人多多少少表示一些敬意。而瓦特拉異常執著的對象不是別人，正是古城。精確來說，他執著的是古城從「第四真祖」繼承的血。

「所以，我想奧爾迪亞魯公是想將瑟蕾絲妲小姐交給學長照料。因為他斷定除了學長以外，沒有人能保護瑟蕾絲妲小姐——」

雪菜口氣認真地相告。內容單純，卻有其說服力的假設。

別看瓦特拉那副德行，他好歹是一國的領主，還擁有大批像加坎那種忠實的部下。

像瓦特拉那樣，假如有理由特地把瑟蕾絲妲託付給古城，卻不找自己的部下，肯定就是因為他需要唯有古城才具備的特殊力量。

第四真祖——世界最強吸血鬼的力量。

然而，雪菜這樣的主張同時也表示另一項事實。

「那表示，有人想對瑟蕾絲妲不利？」

古城表情凝重地問。

「是的。雖然僅止於假設。」

雪菜沉重地點頭。

聽到這些話的瑟蕾絲妲臉色明顯變得蒼白。因為雪菜的想法也符合瑟蕾絲妲最後留下的記憶。

差點被殺的瑟蕾絲妲被瓦特拉救了。而瓦特拉將救回來的她交由古城照料，恐怕就是為了保護瑟蕾絲妲——

「——不需擔心。第四真祖會保護妳。」

亞絲塔露蒂用了不帶情緒的嗓音告訴瑟蕾絲妲，像是要替她打氣。人工生命體少女會如此主動地說出不確定的情報，實屬稀奇。

「對。大哥也曾經救過我。」

夏音也含蓄地微笑著說。

「我、我又不擔心。不用讓那個變態保護也可以。」

瑟蕾絲妲害羞似的轉過臉，吞吞吐吐不乾不脆地回嘴。

然後，她換了個姿勢改變話題：

「妳叫夏音對吧？妳對那個男的是怎麼想的？」

「我一直都很喜歡大哥。」

像小鳥般偏過頭的夏音回答。

咳——古城吃東西噎著了；雪菜握著的叉子脫手滑落；亞絲塔露蒂面無表情地繼續用餐，卻好像沒發現餐具裡早就空了。

「是、是喔？」

兇不起來的瑟蕾絲姐又說了。

夏音落落大方地點頭回答：

「是啊。我對大哥、雪菜、凪沙還有亞絲塔露蒂都好喜歡。」

「啊……是、是這樣喔……」

別講容易讓人混淆的話啦——瑟蕾絲姐感到一陣乏力。

古城等人同樣無力地低下頭。唯獨沒被叫到名字的妮娜則抱著雙臂，不滿似的問道：

「妾身呢？」

而且不知道為什麼，連公寓的陽台也傳出有人「喀」絆到腳的動靜。換成平時，大概會當成心理作用，直接忽略掉那種細微的動靜。

然而雪菜立刻有了反應。

她從豎在牆際的盒子裡抽出銀槍，動作流暢地擺好架勢。

原本折疊起來的三道鋒刃向外展開，全金屬製的槍柄滑動伸長。

槍刃對灌注的咒力產生反應，淡淡地發光。

「——『雪霞狼』！」

雪菜厲聲呼喊槍銘。

「唔哇！」

被槍尖指著的古城反射性低下頭，瑟蕾絲妲也跟著彎腰縮成一團。雪菜的槍橫掃而過，離他們倆的頭頂只隔分毫。

雪菜那把具備「雪霞狼」槍銘的長槍可令魔力失效，更能斬除萬般結界，是獅子王機關的祕藏兵器。神格振動波的眩目光芒劃過了陽台一角。

「哇啊！」

隨後，從陽台傳來的是女性倉皇失措的驚呼聲。

遭破壞的魔法結界迸出火花，意料外的人影隨之現身。

是個用純白斗篷罩著全身的年輕女性。

她揹著有銀色裝飾的長劍，純白色帽兜遮住了臉。

斗篷下面是改成無袖的迷你裙軍服。若要簡潔表達她給人的第一印象，就是個穿著錯誤忍者裝的外國人。有這麼一個耍寶的外國人守在公寓陽台窺伺古城等人的狀況。

「妳、妳是……？」

入侵者的服裝太搞怪，連雪菜也露出不知所措的表情。

她大概沒想到自己設了驅逐入侵者的結界，竟然是被這種冒牌忍者突破。

「哦……魔法迷彩啊？」

結果反而是妮娜感興趣地嘀咕。她望著入侵者披的那件白色斗篷。刻滿於斗篷表面的是難懂的魔法陣。

那是一套水準極高的軍用迷彩服，可透過魔法阻礙他人認知以隱藏穿戴者的身影。要是沒用「雪霞狼」破壞斗篷的功能，要辨識出她的身影恐怕根本不可能。

「唔！」

雪菜認定入侵者的裝備有威脅，再次提起戒心。

入侵者看到她那樣就慌了。

「請、請稍等——劍巫大人！在下無意加害諸位！」

入侵者說著脫掉了披在身上的斗篷。

帽兜一摘，現出臉孔的是個像軍人般將銀髮削齊剪短的年輕女子。

年紀大概二十出頭，是張面善的臉。

「啊……！我記得，妳是拉．芙莉亞的部下——！」

「是的。在下是隸屬阿爾迪基亞聖環騎士團的伏擊騎士優絲緹娜．片矢，忍！」

被古城點出身分的入侵者雙手合十，膜拜似的低了頭。

古城不由得也跟著點頭問候。女忍者的真面目是侍奉阿爾迪基亞王室的騎士，護衛身為王族的叶瀨夏音正是其任務。

崇拜日本忍者的她據說並不願高調行事，始終不露行跡地保護著夏音。

「她剛才說……忍？」

雪菜望著這樣的優絲緹娜，整個人愣住了。因為她原本準備認真動武，現在大概找不到時機把槍放下來。

「對喔……姬柊妳是第一次和她見面？」

古城用同情的口氣問雪菜。

雪菜依然舉著長槍，笨拙地將視線轉向古城問：

「這位是學長認識的人嗎？」

「哎，算認識啦。她是拉．芙莉亞派給叶瀨的護衛，所以不是什麼可疑分子，我想。她只是個忍者迷罷了。」

「正是如此。」

優絲緹娜說著恭敬地行禮。

瑟蕾絲妲感嘆似的望著她說：

「原來真的有所謂的忍者啊——」

「呃，這個人可以算忍者，不過她只是受了阿爾迪基亞的公主慫恿才會扮成這樣。」

古城含糊其辭地開口修正。

夏音並不曉得有優絲緹娜這個人，面對自己的護衛忽然現身，只能難掩困惑地問：

「請問，優絲緹娜小姐要不要一起吃飯呢？」

她說著遞了筷子。

優絲緹娜看似感動地深深低頭回答：

「王妹殿下的厚意，讓在下深感榮幸——可是在那之前，有件事在下必須火速向第四真祖大人稟報。」

「咦……？有事要告訴我？」

這次又怎麼了——古城打從心底覺得不會有好事。優絲緹娜抬起臉以後，已經沒有先前那種靠不住的感覺。那是受過訓練的軍人面孔。

「對不起，在下原本想早一點稟報。這間房子已經遭到包圍了。」

「咦！」

「來者非常老練，在下若沒有監視衛星的輔助大概也不會發現。」

「監視衛星……」

阿爾迪基亞為了保護夏音，連那種玩意都用上了？古城感到傻眼。

但是她們那種胡來的作風在當下反而格外可靠。

「敵方人數恐怕有四名。不過他們的目標並非我等侍奉的王妹殿下——」

「——是要找瑟蕾絲妲嗎！」

古城直覺想到就叫了出來。

他這句話彷彿成了信號，有股強大的魔力化為壓迫感侵襲而來。

在古城察覺是敵人來襲以前，猛烈的衝擊已讓公寓產生搖晃。

玄關大門隨著爆炸聲遭到粉碎，衝進屋裡的是一道有著野獸模樣的龐然身影。

看到那身影的瑟蕾絲妲不成聲地尖叫。

和平的日常生活宣告結束——

第三章 玄冥神王

Deity Of Darkness

1

雪菜頭一個行動。

歪曲的人影摧毀玄關大門，甫現身就讓金屬碎片撒落滿地。雪菜在對方形貌完全進入視野前搶先躍起，用腳跟施予伴有咒力的痛擊。

「——嗚雷！」

下顎骨碎裂的聲音低沉響起，入侵者的高大身軀隨之踉蹌。

入侵者的真面目是身高超過兩公尺的豹頭獸人。雪菜緊接著發出掌勁，一舉將體重比自己重了近四倍的魔族震飛。

「優絲緹娜小姐，請妳保護叶瀨！亞絲塔露蒂，瑟蕾絲姐就麻煩妳了！」

間隔一拍，古城做出了反應。儘管受魔族襲擊的事態異常無比，已經習慣應付這類風波的他不免對自己感到有點頭痛。

「遵命！」

「命令領受。」

優絲緹娜和亞絲塔露蒂都照古城說的行動了。在這種情況下，她們倆傻氣得和現場不太搭調的答覆反而顯得可靠。

「學長，請你小心。玄關這邊恐怕是誘餌。」

雪菜瞪著倒下的獸人大喊。古城對她的話起了反應，立刻看向背後。

「誘餌？表示是聲東擊西嗎！所以說——」

掛在客廳窗口的蕾絲窗簾上映著另一個獸人的身影。

古城察覺對方和玻璃窗遭到粉碎幾乎是在同一時間。

「真正來偷襲的在這邊！」

古城大動作一揮，用右直拳迎擊撲來的第二個獸人。傾注渾身力氣的這一拳卻白白揮空，絲毫沒有手感。

「什麼！」

「是幻術！獸人用了咒術？」

雪菜看古城亂了腳步，臉上顯露驚訝之色。古城揮拳相向的，是用咒術創造出的幻影。站在幻影背後的本尊正猙獰地露出獠牙笑著。

戰鬥能力極高的獸人罕有特地修練咒術的個例。不過，有一小部分的種族天生就具備這種特殊能力。

他們大多被稱為高階種族，以擁有遠遠超出普通獸人的強大力量而聞名。那就是雪菜訝異的原因。

第二個獸人朝陣腳大亂的古城揮下巨爪。

銀髮女騎士衝來掩護受攻擊的古城。

「古城大人，請趴下！」

優絲緹娜拔出腰際佩掛的劍。古城照吩咐趴到地板。環繞著魔力的獸人手臂和銀色劍光交錯於他的頭頂。

濺血嘶吼的是獸人。

優絲緹娜揮的這一劍彈開了獸人掃來的左臂，並且直接砍過他的胸口。那道傷口被青白色火焰包裹，獸人慘叫出聲。

「好強……」

古城讚嘆。優絲緹娜身為騎士的實力，即使是外行的古城也看得出屬於一流。單純比用劍的技巧，她恐怕更勝於雪菜。不愧是拉．芙莉亞派給夏音的王室護衛，她並不是只會迷忍者的耍寶外國人。

「這是拉．芙莉亞公主賜給我的寶劍『尼達洛斯』。據說隨侍於阿爾迪基亞王族身邊的處子，會得到它賦予的破魔之力和療能保佑。」

優絲緹娜說著便自豪地舉起了長劍展示。有著黃金劍柄的劍刃上，靈氣之焰正散發著藍色光芒。那模樣和拉・芙莉亞使用的擬造聖劍有些類似。

古城發現優絲緹娜借了夏音的靈氣。夏音具備和天使相近的屬性，其靈氣對魔族來說形同劇毒。

「請你們兩個都別動。」

手握銀槍的雪菜朝獸人們厲聲喊道。槍鋒已預備好，就抵在倒地的第一個獸人喉嚨上。

「我認為再鬥下去也無濟於事，你們還想繼續嗎？」

「……」

被雪菜踢碎下巴的獸人痛苦地呼了氣。他用難以聽懂的沙啞嗓音把話接著說下去：

「把夏緹那丫頭還來。」

「……唔！」

瑟蕾絲妲畏懼似的倒抽一口氣。

對沒有記憶的她來說，獸人們來襲好比恐懼感從自己一無所知的過去追趕而來。她不知道自己為何被找上，只能不安且苦惱地發抖。

「那丫頭是我們培育給薩薩拉瑪丘的宿體。她屬於我們。」

獸人滿眼血絲地往上瞪著瑟蕾絲妲。雪菜握著槍的手加重力道。

「她本人似乎根本不記得你們耶。」

為了袒護害怕的瑟蕾絲妲，古城挑釁般反駁，口氣中透露著掩飾不盡的暴躁。

「況且，假如你們真的是瑟蕾絲妲的同伴，光明正大地直接來接她就好了吧。你們辦不到，不就等於招認自己非善類嗎！」

「……我們本來倒是想對異國之人大發慈悲。」

咯咯——獸人低聲笑了。理應被逼到絕路的襲擊者異常從容，使古城等人提高警戒。隨後，優絲緹娜發出尖叫。她用劍指著的獸人突然魔力暴漲，其衝擊讓她撞在牆上。

「——優絲緹娜小姐！這是怎麼回事！」

目睹異常光景的古城驚呼。

獸人原本就魁梧的身軀隆起膨脹，變得比之前壯了兩圈以上，樣貌也隨之改變，從人型化為完完全全的野獸姿態。對方變成了長達四五公尺的凶猛野豹——

「神獸化！怎麼會——！」

雪菜用長槍抵著的獸人也同樣變身完畢，他那巨大化的肉體摧毀了公寓的地板和牆壁。即使雪菜的長槍可令魔力失效，也阻止不了那種變化，因為他們變身的樣貌並非魔法創造出來的幻象。

神獸化在獸人的種族中，是只有一小撮高階種族才具備的特殊能力。就連雪菜也是第一次實際碰到。

變身會造成足以減壽的驚人消耗，高階種族的獸人以此為代價就能讓自身肉體化作神獸，成為匹敵鳳凰或龍的神話級生物，據說其戰鬥力甚至能凌駕吸血鬼的眷獸——

「為保護瑟蕾絲妲．夏緹，我在此行使自衛權。執行吧（Execute），『薔薇的指尖（Rododaktylos）』。」

亞絲塔露蒂脫掉了身上披的白袍，在背後張開魔力構成的翅膀。那對翅膀變成了巨大的眷獸手臂，朝著兩頭神獸的臉孔揮下。

龐大魔力相互衝突，空氣吱嘎作響。被反作用力震得踉蹌的卻是亞絲塔露蒂。

植入她體內的人工眷獸雖然強大，但身為宿主的亞絲塔露蒂只是脆弱的人工生命體少女。她不可能承受得住兩頭神獸的壓力。

「亞絲塔露蒂！混帳……姬柊，麻煩妳保護大家！」

「學長！你想做什麼——！」

古城溜到靠近玄關的神獸腳邊，然後直接繞到敵人背後。要是時機有任何一瞬拿捏錯誤，他大概已經被神獸的龐然身軀踩扁而回天乏術了。古城的行動太過貿然，令雪菜只能呆愣愣地杵在原地。

可是，古城沒有餘裕介意那些。

他光要掌控自己釋放的龐大魔力就分不出心思了。

古城估測能將兩頭神獸排成一直線的角度，然後伸出雙手。

他將自己的魔力集中於雙手構成的些微空隙，將第四真祖魔力傲人的眷獸召喚出一小部分。除此以外，沒有別的方法能度過這場危機。

「迅即到來，雙角之深緋（Alnas Minium）！」

古城召喚了狂猛的衝擊波眷獸。

它的原貌是全長達十幾公尺的巨大雙角獸（Bicorn），但是古城只打算截取其魔力，好將那當成高密度的衝擊波子彈射出。這在理論上有可能實現，能不能順利辦到卻要試過才曉得。這是一失手就會讓在場所有人身負致命傷的危險賭注。即使如此，古城現在沒時間多猶豫了。

「『雪霞狼』——！」

「防護模式。執行吧，『薔薇的指尖』。」

察覺古城意圖的雪菜和亞絲塔露蒂同時大喊。她們釋放的神格振動波形成了一道防護結界，可以阻隔古城的攻擊。

雪菜她們一左一右展開的結界碰巧發揮了炮身的功能，讓古城射出的魔力得以集束。挾帶魔力的衝擊波子彈震飛了兩個神獸化的獸人，將他們一舉轟出公寓。

「可惡……要完全掌控還是有困難嗎！」

古城捂著血管破裂而變得血淋淋的雙臂，大口大口地呼氣。腦殼裡滾沸般的痛楚，是他強行操控魔力的代價。

「學長太胡來了……居然在這麼狹窄的地方動用眷獸！」

雪菜疲軟地跪下單腳，並且對古城橫眉瞪眼。

古城要是失手讓眷獸脫離掌控，這棟公寓連同周圍一帶應該已經從世界上消滅了。明白危險性的雪菜會發飆也是理所當然。

「沒其他辦法了吧！」

古城無助地回嘴。大伙兒被兩個神獸化的獸人逼到絕路，在這種狀況下沒有選擇手段的餘地同樣是事實。神獸縱有強大魔力，仍扎扎實實地挨中了第四真祖的眷獸攻擊。感覺他們並不可能安然無恙。

然而事與願違，從破裂的窗戶外頭傳來了獸人們的咆哮。古城衝到半毀的陽台，赫然看見巨大野豹攀附在隔壁公寓，正瞪著古城等人。

「他們撐過剛才的攻擊了嗎！」

不會吧——古城忍不住驚呼。

兩頭神獸都無恙。雖然不到毫髮無傷的程度，但並未失去戰鬥能力。古城壓抑魔力使出的攻擊無法將他們徹底打倒。

「據說獸人神獸化以後，擁有的力量在吸血鬼的眷獸之上！」

雪菜嘀咕的語氣同樣透露出焦急。

「而且相對要付出的代價也大，畢竟強大得能夠神獸化的獸人血脈幾乎都沒有留下來才對……可是，沒想到居然會有兩頭神獸同時現身……！」

龐大魔力在神獸化的獸人體內逐漸膨脹。他們打算噴出猛焰。凝縮過的魔力之焰恐怕會將古城等人連同這棟公寓一起消滅，他們要找的瑟蕾絲妲當然也無法倖免，然而受創的憤怒似乎已經讓神獸們失去理智。

不妙——古城臉色僵硬。

「我不能再用眷獸了啦！」

「那當然了！」

雪菜瞪著古城大叫。第四真祖的眷獸都太有威力了，基本上並不是適合在城鎮內召喚的玩意。

況且古城因為剛才強行召喚的關係，魔力消耗甚鉅。假如召喚出新的眷獸，確實有可能防阻神獸的猛焰，但是失控的眷獸一旦出力過猛，不知道會捅出什麼婁子。

「——你們退下吧。」

焦急的古城等人背後傳來了一陣亂從容的說話聲。

聲音的主人是身高不滿三十公分的嬌小人偶。她被捧在夏音的胸口前面，得意地雙手扠著腰。

「……妮娜？妳靠那副身體，到底想做什麼……！」

古城帶著一副狐疑的表情望向自稱「古代大鍊金術師」、自信微笑著的妮娜。

過去和「賢者」交手使她喪失了大半的力量。根本來說，鍊金術師的目的在於探求真理，戰鬥並非她的本分。面對強大神獸，目前的她想來絕非對手。不過——

「妾身花心力做的料理全被搞砸了，當然非得讓他們受到報應才行。」

妮娜如此說完就用小小的雙手分別對著兩頭神獸。

從她指尖冒出的耀眼光輝讓古城發自本能地感到恐懼。這是因為古城在之前也看過那樣的光輝。

那並非單純的魔光，而是透過鍊金術轉換物質所催發的危險光芒。放電的青白雷光在妮娜眼前呈螺旋狀環繞，宛如一挺巨大的炮身。

「別操心，妾身不殺他們。夏音，借妳的靈力一用！」

「是，院長大人！」

靠夏音的力量補足不夠的魔力以後，妮娜從雙手射出了閃光。

灑落驚人熱量及龐大電磁波的重金屬粒子光束炮，連巨大的遠洋遊船都能斬成兩半的熾熱光刃——

射速達到亞光速的炮擊不偏不倚地射穿了兩頭神獸。

他們痛苦的哀號讓空氣為之雷動。

「呼嗯。被他們逃了嗎……」

發炮完畢的妮娜興味索然地如此嘀咕。

等閃光的餘韻消退，神獸們已經不見蹤影。被粒子炮痛擊的他們受到重創，大概是直接逃跑了。

「妳、妳喔……」

粒子光束造成的臭氧味讓古城皺著臉無力地發出嘆息。

精準的光束炮確實可以只瞄準神獸而不殃及附近民宅。話雖如此，神經正常的人實在不可能在市區裡用粒子炮猛轟。妮娜．亞迪拉德的年紀超過兩百七十歲，是古時的大鍊金術師——她果然也是超脫世俗常軌的存在。

「好啦……這下子要怎麼辦……？」

古城回過頭，口氣有些隨便地咕噥。

即使說得含蓄一點，雪菜公寓裡的模樣也只能用滿目瘡痍來形容。

原因出在兩頭獸人來襲，還有古城將他們擊退的攻擊。木質地板外翻，牆面龜裂，窗框及陽台扶手甚至連痕跡都不留。為數不多的家具全遭摧毀，變成殘骸散亂一地。屋裡模樣簡直像是被巡弋飛彈轟炸過的廢墟，明顯不是能住人的狀態。

看到這景象的雪菜在收疊銀槍時嘆了氣。

「怎麼辦呢——」

她難得用無助的表情仰望古城問了。

2

隔天，寒假第二天早晨——

古城被震耳的聲響和震動驚醒了。

「唔喔！」

一時間不明白發生什麼事的他捧著頭，打從心裡感到困惑。

熟悉的自家床上。除了玻璃窗有裂痕以外，並沒有什麼異於平常的部分。然而整個房間會頻頻地微幅顫動，應該不是古城的心理作用。隔著牆壁從旁邊房間傳來的，是鑽頭鑽開混凝土的噪音。

「對喔，姬柊那一戶在裝修……呃，這麼早就動工啊……」

看了時鐘的古城垂下肩膀，慢吞吞地下床。

雪菜那戶公寓被來襲的獸人們摧毀，如今在獅子王機關的安排下，似乎立刻就開始動工修理了。靠著花錢不手軟的趕工，據說在凪沙從本土回來以前，公寓就能恢復原樣。

由於雪菜本人的衣服和東西不多，好像都勉強逃過一劫。被摧毀的家具和餐具之類，聽說也已經訂了相同貨色來替換。咒術迷彩的掩飾工作以及用催眠術處理附近居民的記憶，全部做得萬無一失。

問題只剩：完工前約一個星期的時間，雪菜要睡在哪裡？然而——

「早安，學長。」

古城出了自己的房間以後，碰見的是正在保養雪霞狼的雪菜。她難得穿便服，髮型也和平時不同，一副只用髮圈束起頭髮的不設防模樣。她將長槍輕輕擺到地板上，略顯緊張地低頭道謝：

「呃，謝謝學長昨晚讓我留下來過夜。」

「呃、嗯……哎，在那種狀況下也沒辦法嘛。再說，總不能讓瑟蕾絲妲在玻璃窗沒剩幾片的房間過夜。」

「就、就是啊。」

古城和雪菜曖昧地別開視線，說完便生硬地對彼此笑了。

結果無處可去的雪菜等人只好投宿於曉家。由於瑟蕾絲妲也在一起，原本古城並沒有特別掛懷，不過一大早像這樣在自己家裡碰面，心裡還是會覺得不可思議。窺見雪菜平常不為人知的私生活，讓古城挺在意。

「對了，瑟蕾絲妲呢？她還在睡？」

朝房裡看了一圈的古城硬是改變話題。雪菜把長槍收進盒子裡並搖頭。

「不是的，她——」

雪菜說著望向餐桌。

餐桌上擺著許多盤看似剛煮好的料理。海鮮湯；加了醬料、肉和蔬菜的墨西哥捲餅。那些大概是瑟蕾絲妲出生地的料理，用現成材料能湊出那些，看起來頗費心思且美味。

「這些料理是瑟蕾絲妲做的嗎？」

古城一臉訝異地問了。看似無聊地站在廚房裡的瑟蕾絲妲隔著吧檯探頭說：

「怎樣，你有意見？」

「不是啦，妳好厲害。」

古城坦然說出感想。異國的少女不知為何顯得有些無措，嘟著嘴說：

「我無意間還記得這些怎麼做。你收留我，我想至少要做頓飯當回報。交給你們下廚，要是害我吃到怪東西也很傷腦筋。再說這可以當成招待瓦特拉大人時的預習。」

「……拿我們替那傢伙試毒喔。」

瑟蕾絲妲的最後一句話讓古城不太能釋懷地咕噥。

另一方面，瑟蕾絲妲帶著亂燦爛的眼神指了水龍頭說：

「不過，這些東西好方便喔。按個開關就有火；轉轉把手就有水流出來；雖然廁所噴水時曾讓我不知該怎麼辦就是了——」

「……先不講廁所，沒想到瓦斯和水龍頭會讓妳覺得稀奇。原來妳的故鄉是那麼不方便的地方啊？」

「誰知道。我都不記得了嘛。」

瑟蕾絲妲不高興地回嘴。那倒也是——古城聳了聳肩。

雖然雪菜大概也有幫忙，不過瑟蕾絲妲能用陌生的廚具漂亮完成料理，讓人不得不承認她在烹飪方面有兩把刷子。

對這一點坦然表示感謝的古城坐到了餐桌前。從昨晚被獸人闖進來搞砸晚餐以後，他就什麼也沒吃，多虧如此肚子早就餓扁了。瑟蕾絲妲和雪菜也一同就座，三個人開始用起奇妙的早餐。

「欸……結果，昨天那些傢伙是什麼人啊？」

當古城將所有菜都試過一遍以後，瑟蕾絲妲回想似的咕噥問道。古城大口嚼著超辣的墨西哥餅，邊吃邊搖頭回答：

「天曉得。我想妳不用在意就是了。」

「什麼嘛，你都當作別人的事。」

瑟蕾絲姐鬧脾氣般托腮瞪著古城。

「不是那樣啦，雖然那些人動手時相當胡來，但他們是因為需要妳才來帶妳走的吧。既然這樣，妳大可不必擔心會受到傷害不是嗎？」

「呃，或許是那樣沒錯啦，可是你們怎麼辦？假如那些傢伙又找上門……」

古城望著低頭咕噥的瑟蕾絲姐，不解似的眨了眨眼睛。

「……難道妳在替我擔心嗎？」

「啥？說什麼啊，你要不要死一死算了？」

瑟蕾絲姐用看待害蟲般的冷漠眼神瞪人。

古城帶著有些受傷的表情咬下墨西哥捲餅，然後又說：

「少煩啦，反正那才不用妳擔心。再說妳昨天也看到了吧，我和姬柊都能保護自己。瓦特拉那傢伙也是那樣想，才會把妳交給我照料吧。」

「稱呼他要加『大人』，你這臭蟲。」

「我說妳啊……」

瑟蕾絲妲和古城隔著餐桌，一臉不悅地瞪著彼此。看不下去的雪菜默默將手裡握著的餐刀插到桌子中間的肉塊上，針鋒相對的兩人這才嚇得停止動作。雪菜確認他們已經停歇，才微微嘆氣說：

「瑟蕾絲妲小姐恐怕不會再像昨天那樣遭受襲擊了。畢竟對方已經發現有第四真祖在護衛，而且獅子王機關也採取行動了。」

讓能夠神獸化的高階獸人偷渡到絃神島是相當大的問題。因此，據說獅子王機關也派了專門處理的探員過來，特區警備隊當然也會有動作才是。獸人們的立場已從襲擊瑟蕾絲妲的一方變成了被追捕的一方。

「就算再遇到襲擊，說不定還能問出他們對妳有什麼了解。心態放輕鬆點不就好了？」

瑟蕾絲妲有些吃驚地看了不以為意地說著的古城。古城會關心她似乎很令她意外。

「對了，那些傢伙說過一些莫名其妙的話耶。關於薩拉拉瑪薩拉的宿體怎樣的……」

古城提到了不經意想起的詞。襲擊瑟蕾絲妲的獸人們是把她稱為「宿體」，由他們培育長大的宿體。

「是薩薩拉瑪丘才對。」

雪菜規矩地糾正古城。差不多嘛——古城板著臉又問：

「姬柊，妳知道那玩意？」

不——雪菜搖頭。身為劍巫的她似乎也沒聽過那樣的名諱。

「不過，他們提到的宿體就是一般所謂的神體。比如神木、巨岩、武器或神具——還有供神靈附身的巫女，都可以稱為宿體。」

「……這傢伙……是巫女？」

古城訝異地看著瑟蕾絲妲。你有什麼意見嗎——瑟蕾絲妲瞇著眼回瞪古城。

「難道這傢伙跟妳或叶瀨一樣，也是靈能力者？」

「我不清楚。目前只能說，有那樣的可能性——」

雪菜態度含糊地搖頭。

古城姑且也明白她疑惑的原因。能神獸化的高階獸人要比區區靈能力者珍貴多了。那樣的事實令雪菜感到困惑。為了得到一名靈能力者，讓兩頭珍貴的高階獸人遭受危險，無論怎麼想也不划算。

古城拿出手機試著搜尋「薩薩拉瑪丘」這個詞，可是沒出現類似的候選詞。他又改變拼音試了幾次，結果還是一樣。

「到頭來，設法和瓦特拉取得聯絡才是最快的解決辦法囉。」

古城帶著不起勁的表情嘆氣。瑟蕾絲妲斜眼瞪著他說：

「叫你加上『大人』是不會嗎——！」

「誰理妳！」

忽然間，在一臉厭煩地回嘴的古城手邊響起了感覺廉價的音樂。是手機的來電鈴聲。

「怎……怎麼了……？」

瑟蕾絲妲看似害怕地望著手機，縮起身體。對看見瓦斯和水龍頭曾嚇一跳的她來說，手機八成像威脅性十足的未知科技產物。

古城理都不理這樣的瑟蕾絲妲就接了電話。

『——古城？你沒事吧！』

在接通的同時就聽見了淺蔥彷彿急到跳腳的說話聲。古城感覺莫名其妙地望著手機應了一聲：

「……咦？」

『咦什麼咦！我聽說你家那棟公寓發生了爆炸事故！而且調監視器畫面一看，房子還開了好大的洞！』

「妳為什麼可以調我們家附近的監視器畫面來看啦……」

這傢伙又在當駭客了吧——古城低聲嘟囔。憑獅子王機關的掩飾工作，似乎還是比不過淺蔥的情蒐能力。

「算了。反正我沒事啦。畢竟發生爆炸的是姬柊她家，不是我家。」

『……啥！姬柊家？等一下，那是怎麼回事？什麼情形？』

淺蔥的聲音像是搞迷糊了。古城懶懶地發出嘆息。

「我們也不太懂啦。忽然有奇怪的獸人來襲擊，結果還被他們逃掉了。」

『……你說獸人……你們幾個，該不會又栽進詭異的事件了吧？』

「我又不是自願受牽連的……對了，淺蔥，妳有沒有聽過薩薩瑪拉奇拉？」

『咦？什麼？薩拉拉拉奇？是遊戲的咒語嗎？』

臨時想到的古城一問，讓淺蔥的語氣變得不高興了。或許她是認為古城想轉移話題。雪菜則用脣語訂正：是薩薩拉瑪丘。

「抱歉，我講錯了。是薩薩拉瑪丘才對。聽說好像是神體還是巫女的名字就是了。」

『我沒聽過。那怎麼了嗎？』

「呃，我有點想知道那是什麼……可是在網路上搜尋不到。」

古城草率地對語氣還帶有一點疑心的淺蔥解釋。

『呼嗯……我下午會去公社打工，需要的話倒可以查喔。』

「不好意思，那能麻煩妳嗎？」

古城抱著淡淡的期待問了。

人工島管理公社的資料庫裡登錄了「魔族特區」一般不會對外公開的機密資料。有關薩薩拉瑪丘宿體的線索，大有可能查得到。

『可以是可以，不過你要有付出相等回報的心理準備喔。』

淺蔥雀躍地告訴古城，要他別忘記。口氣說來像打趣，但是古城很明白淺蔥不會開開玩笑就了事。

「好好好……所以，妳打電話來就為了關心這個？」

『呃，嗯……另外也算不上什麼事情，我問你喔，凪沙現在返鄉了對不對？』

「對啊。她從昨天就走了。」

淺蔥忽然變得好聲好氣，反而讓古城緊張了。以往經驗和吸血鬼的直覺告訴他有危機正在接近。

『你吃飯要怎麼辦？有困擾的話，我也可以過去幫你煮喔。』

「幫我煮飯……等等，妳要下廚喔？」

唔——古城呼吸哽住了。淺蔥的廚藝就算形容得含蓄一點，也是毀滅性的爛。連古城身為不老不死的吸血鬼，吃了她的料理以後都會在隔天全身癱瘓。

『怎樣，你那是什麼不安的反應？』

淺蔥聲音變低了。慌到極點的古城搖頭說：

「沒、沒有啦，我很感謝妳的心意，不過沒關係。總之我現在不愁吃——」

『等一下，我們剛才講到，姬柊家炸了一個洞對不對？』

淺蔥像是察覺了什麼天大的事情，口氣凝重地向古城確認。

『——所以她昨天晚上是在哪裡過夜？』

「那個……總之就先住在我家了……妳想嘛，這也算和鄰居打交道，應該說有困難時就要互相幫助啊。」

聲音變調的古城找藉口開脫。淺蔥沉默了短瞬。

『凪沙不在，你卻讓那個女生到家裡過夜啊……呼嗯……這樣喔。所以說，吃的東西都有她幫忙準備囉？』

「不對，幫忙做飯的不是姬柊，是別的女生……呃，妳放心吧。」

古城只用片面事實當證詞。霎時間，在通話回路另一頭傳來了某種東西碎裂的聲音。恐怕是淺蔥的智慧型手機承受不住她的握力就裂開了。

『那樣更差勁啦！你在想什麼啊，去死啦白痴！』

電話隨著怒吼聲切斷了。古城愁眉苦臉地掩住耳朵。淺蔥怒罵的聲音讓他的耳膜痛了起來。雪菜默默地捂著眼睛。

「吼得我耳朵好痛。那傢伙氣什麼啊？」

「學長……」

雪菜看著不滿地嘀咕的古城，傻眼似的嘆了氣。

3

古城等人吃完早餐就立刻動身前往人工島西區——餐飲店及時髦大樓群集的商業地段，紘神島上最繁華的區域。

去那裡並沒有什麼特別理由，硬要說的話是為了觀光及購物，實際上則是姬柊家的裝修工程太吵，他們在公寓待不下去。而且總不能一直讓瑟蕾絲妲穿古城的T恤，這也是其中因素。瑟蕾絲妲的身材以年紀來說頗為凹凸有致，讓她穿著單薄衣服晃來晃去，會感到頭痛的人主要是古城。

「這就是……紘神島？」

瑟蕾絲妲正從瞭望區的落地窗放眼望向四周，一副覺得不可思議的樣子嘀咕。

這裡是購物中心頂樓的餐廳區。購物告一段落並讓瑟蕾絲妲換裝以後，大家便決定休息片刻。

瑟蕾絲妲挑的是皮製涼鞋，還有綴上繽紛刺繡的短洋裝。她鮮明的褐色肌膚和異國風情的配色十分搭調。靠她那修長手腳和端正面孔，即使說是攝影中的雜誌模特兒應該也沒有人會懷疑。

要是她個性討喜一點就好了——古城無法不這麼想。

「感覺好擠好亂喔。人有夠多的，還吵得不得了。」

受古城批評的瑟蕾絲妲則是板著臉，對風景發表意見。絃神島引以為傲的近未來景觀，在不適應的瑟蕾絲妲眼裡似乎不太討好。

唉，或許啦——古城認同她的意見，然後又說：

「因為這一帶是商業區啊。南區或北區會比較安靜。」

「呼嗯……那棟高大建築物是什麼？」

瑟蕾絲妲說著指了建於島中央的大樓——即使在人工島上也顯得異彩奪目的楔形巨大建築物。

「那是基石之門，絃神島的中心地帶。再過去有機場和港口，要見瓦特拉那傢伙的話，大概就是在那邊。反正他會搭他那艘大到不行的船，一回來立刻就看得見吧。」

「船？瓦特拉大人的船嗎！」

瑟蕾絲妲語氣雀躍地對話題表示興趣。她那好懂的態度讓古城微妙地露出了不高興的臉色說：

「他的船叫『深洋之墓二號』（Oceanus Grave），是一艘名字很沒品味的遊船啦，雖然裡面亂豪華一把的，而且光是浴室就跟這間餐廳差不多寬。」

「你真清楚耶。」

瑟蕾絲妲的眼神顯得狐疑。連一直安靜聽著的雪菜也不知為何用冷冷的視線對古城說：

「這麼說來，學長曾經在那艘船上洗過澡呢，和藍羽學姊一起。」

「等……等一下！姬柊，妳怎麼會知道那件事……！」

雪菜的證詞好比被遺忘後才冒出的未爆彈，讓古城驚慌不已。古城當然沒理由曉得那一晚的事情，雪菜都用式神全程監視著。接著瑟蕾絲妲就變了臉色逼問古城：

「你為什麼會在瓦特拉大人的浴室洗澡！給我說清楚，你們是什麼關係！」

「那次是情非得已啦！不然誰喜歡在他那裡洗澡！根本來說，那傢伙算是我的敵人耶！昨天就跟妳強調很多次了吧！」

「怎樣嘛，問一下有什麼關係！多跟我說瓦特拉大人的事啊！比如說他喜歡什麼食物、什麼音樂、什麼類型的女生。」

「妳說到一半目的就變了吧！」

古城傻眼地咂嘴。基本上瓦特拉對女人並沒有興趣嘛——他實在無法向瑟蕾絲妲挑明這一點就是了。

「……唉，我明白妳對瓦特拉執著的心情啦，畢竟他是跟妳真實身分有關的唯一線索。而且淺蔥也沒告訴我任何關於薩薩薩拉丘的情報。」

「是薩薩拉瑪丘才對，學長。」

你總該記住了吧——雪菜說起話來就像年長的家庭教師。

瑟蕾絲妲則盯著如此互動的雪菜和古城問：

「欸，說真的，你們到底是什麼人？」

「啥？」

「你們真的不是瓦特拉大人的家臣嗎？」

「我一開始就說過不是了吧。」

古城語氣平板地回答。那個男人的外表看起來實在是個無可挑剔的俊美青年，但他的真面目其實是既狡猾又陰險的變態戰鬥狂。如果要列舉不想投靠的上司排行榜，瓦特拉可以拔得頭籌。

瑟蕾絲妲不滿似的哼了一聲又問：

「那你們為什麼肯照顧我？」

「要問為什麼……那需要理由嗎？我們又沒做什麼大不了的事。」

「之前不就被獸人襲擊了嗎？」

瑟蕾絲妲看似難過地皺著臉嘀咕。

自己害了古城等人被襲擊，還遭受生命危險——瑟蕾絲妲背地裡介意著這些，對此古城到現在才發覺。

「被那些傢伙襲擊並不是妳害的吧。而且雖說是情勢所逼，假如沒把妳保護好，誰知道會被瓦特拉那傢伙說什麼閒話。」

「就算你覺得那樣沒關係……土氣女呢？」

「妳問我嗎？」

話題忽然轉向，讓雪菜有些困擾地歪了頭。

瑟蕾絲妲紅著臉，難以啟齒般別開視線說：

「我不在的話妳就可以和古城單獨過夜了，我擔心有沒有打擾到你們耶。」

「說、說什麼啊！就、就算我和學長單獨過夜，也不會怎樣……」

雪菜用力搖頭。然後她咳了一聲清嗓，端正儀態說：

「我只是學長的監視者而已。倒不如說，我有義務把學長這樣的危險人物看管好，以免他染指瑟蕾絲妲小姐……！」

「是、是喔……謝、謝謝妳。」

瑟蕾絲妲用雙手護著自己的胸口，和古城拉開微妙的距離。

被當成危險人物讓古城對太沒道理的狀況開口抗議：
「喂，慢著！為什麼聊到後來會變成在感謝姬柊！」
「況且，我個人對奧爾迪亞魯公的盤算也有點在意。」
雪菜斷然無視古城的抗議，如此喃喃說道。
瑟蕾絲妲眼裡蒙上微微的不安陰影。
「妳在意的是什麼部分？」
「沒事的，請妳別放在心上。我想只是我多慮了。」
「好、好啦。」
「話說回來，學長——你有察覺嗎？」
雪菜一邊將裝著長槍的硬盒拎到手邊一邊低聲問古城。與其說她露出了警戒之色，給人的感覺更接近於不知所措。
「咦？」
「我們好像從剛才就被跟蹤了。」
「啊……妳說那個喔。」
古城斜眼看向餐廳入口附近的包廂座位。半透明的隔間屏風後面，有人影正從死角頻頻窺探古城他們的狀況。那是輪廓特徵分明的嬌小雙人組。

「哎，總不能放著不管。」

「說的也是。」

古城和雪菜不約而同地嘆氣，然後起身。他們直接走向構成問題的包廂座位。跟蹤的雙人組連忙低頭，不過光是那樣當然藏不住身影。

古城俯視趴到桌子下的兩人，疲倦似的開口：

「妳們在搞什麼？」

「啊……」

跟蹤者們抬頭了。一個是銀髮碧眼的國中女生，另一個是留著藍髮的人工生命體少女。她們的長相連在這座「魔族特區」裡都異常醒目，無疑是最不適合跟蹤的人才。

「啊，大哥……好、好巧喔。」

「我表示吃驚。」

叶瀨夏音和亞絲塔露蒂都用做作的語氣回答。古城搶走夏音戴的紅色膠框眼鏡又問：

「哪有這麼故意的巧合。還有，這是怎樣？妳自以為這樣就算喬裝嗎？」

「啊……請、請還給我……」

唔唔——夏音朝眼鏡伸出手，原本被捧在胸前的妮娜被她這麼一晃就掉了下來。結果在妮娜摔到地板上的前一刻，雪菜出手將她接住了。

「難道妳們是來探望瑟蕾絲妲小姐的狀況嗎？」

「嗯。妾身等人認為要在旁邊顧著，以防古城染指那廝。」

妮娜爬上雪菜的肩膀威風地說道。

「……受不了，每個人都一樣。妳們把我當什麼啊？」

古城露出內心受傷的表情嘀咕。

他確實吸過雪菜和亞絲塔露蒂的血，也曾經被夏音和妮娜目擊現場。不過那終究屬於緊急情況，吸她們的血是逼不得已，絕不是古城對任何女生都會露出獠牙。

雖然古城也有自覺以結果來看並不像他辯解的那樣——

「對了，和那月美眉聯絡上了嗎？」

「我表示肯定。關於Miss瑟蕾絲妲的情報也已經向她報告了。」

亞絲塔露蒂回答了古城的問題。她給的資訊讓古城鬆了口氣問：

「這樣啊。所以那月美眉怎麼說？」

「我很忙，那邊的事交給你們處理——她如此表示。」

「欸，未免太隨便了吧！」

古城的安心成了失望。他原本期待有那月就能設法處理目前這種莫名其妙的狀況，看來他想得太天真了。

「啊……」

夏音微微發出聲音。

「補充。南宮教官有話要轉達給第四真祖。」

亞絲塔露蒂望著沮喪的古城，淡然地繼續說道。古城猛然抬起頭。事情似乎並不是一點希望也沒有。

「轉達給我？她要說什麼？」

「若遇上安潔莉卡．哈米達這名女性，要盡速逃走——她如此表示。」

「……那是誰啊？」

古城反問亞絲塔露蒂。

然而，人工生命體少女只是面無表情地搖頭。古城將視線轉向雪菜，但她也默默搖頭。果然雪菜心裡也沒譜的樣子。

「那個……」

夏音又客氣地舉手。

「那月美眉的意思是『遇到就要逃』吧……可是連對方長相都不曉得是要怎麼躲……」

古城一臉困惑地發牢騷。他再怎麼想也完全不明白，那月為什麼要託亞絲塔露蒂轉達那種情報。

「逃走」這句建言的含意也令人掛心。那月知道古城是第四真祖，換句話說，安潔莉卡·哈米達是連世界最強吸血鬼也贏不了的對手嗎？

「對了，古城，提到逃走，妾身從剛才就一直在意——」

妮娜仰望苦惱的古城，突然插了一句。

「瑟蕾絲妲·夏緹到哪裡去了？」

「……啥？」

古城對妮娜的話起了反應，無意識地轉向背後。古城他們剛才坐的地方沒有瑟蕾絲妲應該留在那裡的身影。她不知不覺中就不見了。

照店裡沒發生騷動的狀況來看，似乎並不是被人擄走的——

「那個……要找瑟蕾絲妲小姐的話，她剛剛自己一個人離開店裡了。」

畏畏縮縮地開口的夏音指了店裡的緊急出口說了。古城和雪菜發現防火門開了一半而目瞪口呆。看來夏音剛才曾拚命想告訴他們這一點，古城等人卻沒有發現。

總之瑟蕾絲妲人不見了。她一句話也沒向古城等人交代就走了。

「那個白痴……！她在想什麼啊！」

在古城嘀咕的同時，雪菜朝著緊急出口拔腿就跑。

夏音等人帶著難辭其咎的表情目送他們離去。

4

衝下逃生梯的古城在購物中心入口和雪菜會合了。為保險起見，他們已經拜託夏音等人幫忙到內衣賣場和女廁找人，可是現在依然沒有找到瑟蕾絲姐的消息。

「姬柊，瑟蕾絲姐呢？」

找到了嗎——古城問，揹著硬盒的雪菜則向他搖搖頭。

「對不起。早知道會這樣，我應該也要對她施咒監視。」

「妳說『也要』……欸，妳說的那種咒術，該不會已經用在我身上了吧？」

古城露出莫名不安的臉色，朝自己身上看了一圈。

「學長，現在重要的是找出瑟蕾絲姐小姐——」

「也對……啦……」

古城對雪菜的話含糊地點頭。不過，他立刻又停下腳步。

「學長？」

雪菜納悶地回頭，古城則緩緩搖頭。

「嗯……沒有啦，我是在想我們非得那麼勞心勞力地找人嗎？那傢伙是不是並不希望我們找她啊？」

「你真的那樣想嗎！」

雪菜愕然睜大眼睛，古城卻只是看似不甘心地任嘴脣顫抖。

不見瑟蕾絲妲的人影會帶來這麼大的空虛感，古城自己也很意外，要說他意志消沉也不為過。古城確實並不受瑟蕾絲妲信任，可是他對瑟蕾絲妲算是開誠布公，因此被背叛所受到的打擊也大。

「可是，我說的沒錯吧？瑟蕾絲妲又不是被別人擄走，而是在自己的意志下擅自離開。那傢伙本來就沒理由和我們一起，再說我們也不知道瓦特拉把她送來我們這裡有何目的。」

「學長——！」

雪菜用失望的眼神看向古城。

那副受傷的表情好比她自己被古城拋棄了一樣。古城不明白雪菜有什麼理由要憤慨到那種程度。

但仔細一想，雪菜從最初就一直很關心瑟蕾絲妲，特別是瑟蕾絲妲被稱為「宿體」以後。儘管瑟蕾絲妲管雪菜叫土氣女，感覺雪菜還是逆來順受地照料著她。

當古城準備為了向雪菜確認其中理由而開口時，手機在口袋裡響了。

「唉，誰啊，這種時候打來……！」

粗魯地咂嘴的古城掏出震動的手機。顯示在畫面上的是淺蔥那眼熟的號碼。

『古城，我查出薩薩拉瑪丘的真面目了！』

「淺蔥，抱歉我現在有點忙——妳查到了？」

本來想打斷對方的古城連忙重新把手機湊到耳邊。瑟蕾絲妲的去向讓人掛懷，但是薩薩拉瑪丘的真面目和那件事未必沒有關係。

「我更正一下，淺蔥，拜託告訴我，那個薩什麼來著的到底是啥玩意！」

『薩薩拉瑪丘是神喔。』

「啥？神……？」

淺蔥天外飛來一句，讓古城困惑似的蹙眉。

然而淺蔥極正經地說了下去：

『對。已經無人信仰且被遺忘的神，別名「玄冥神王」——也就是所謂的邪神，是帶來殺戮和滅絕的冥府之王。距今超過一千兩百年以前，在中美的小型都市有留下祂被信仰的紀錄喔。』

「我不是很懂，表示那是沒人記得的非主流神明嗎？」

古城也大略理解狀況了。假如薩薩拉瑪丘真的是神的名諱，瑟蕾絲妲被稱為祂的宿體這一點就能得到解釋。在中美城邦有各式各樣的神明受人們信仰，薩薩拉瑪丘大概也是為數眾多的那些神當中的一員吧。

『差不多。不過問題在於，那個非主流神明的資料被嚴密封藏於「魔族特區」的凍結文檔裡面。看來薩薩拉瑪丘以往曾經出現過一次喔。』

「祂出現過？是被誰召喚的嗎？」

古城的臉色更加嚴肅了。召喚神然後賦予其實體——儘管說起來有點難以置信，卻也無法將其視為無稽之談屏棄。

神明應眾人祈求降臨於世的傳說，在古今東西的各個地方都有流傳下來。何況古城以前就和人工創造的「天使」交手過。雖說成品並不完美，但既然能讓「天使」化為實體，應該就無法斷言要讓「神」化為實體是不可能的事。

『大概吧。因為沒留下精確的情報，詳細情形我不清楚。畢竟因為薩薩拉瑪丘出現的關係，以信仰祂的首都夏緹為中心，半徑五百公里內的市街全都滅亡了。據說有超過兩百萬的人在一夜之間死絕——』

「首都夏緹……！」

古城的背脊感到一陣令人哆嗦的寒意。被稱為薩薩拉瑪丘宿體的是個名叫瑟蕾絲妲·夏緹的少女，想來那不會是純粹的偶然。

『沒錯。以現在的地圖來說，是在「混沌境域」的邊境一帶。當然，「混沌境域」是在夏緹城邦消滅後才成立的啦。』

不認識瑟蕾絲妲的淺蔥口氣悠哉地說明。然而，古城對她的話連一半也沒有聽進去。

「我明白了。淺蔥，謝啦。妳幫了大忙。」

『喂……等一下啦！你為什麼會知道那種邪神的名字？難道你——』

古城無視於想要質疑的淺蔥，直接和身旁的雪菜交會視線。

「姬柊，剛才那些話——」

「是的，我聽見了。」

一直把臉湊在古城耳邊的雪菜一臉認真地點了頭。

「假如瑟蕾絲妲真的是邪神的宿體，找上她的那些獸人說不定就是薩薩拉瑪丘信徒的後裔。既然這樣，他們的目的會是——」

「……讓薩薩拉瑪丘復活嗎？」

神殿、宿體、巫女、邪神——原本被分割得支離破碎的情報感覺現在終於串在一塊了。獸人們說過，瑟蕾絲妲是他們「培育出來的」。那不就表示瑟蕾絲妲曾受過擔任邪神巫女的特殊處置？

要是如此，他們追來找瑟蕾絲妲的理由就可以理解了。瑟蕾絲妲並非普通的巫女，她是召喚邪神所需的貴重祭器——無從替換的「祭品」。

獸人們期望薩薩拉瑪丘降臨，不知道是為了什麼目的。

但既然他們的目的是召喚薩薩拉瑪丘，那麼無論要付出什麼犧牲，他們都會將瑟蕾絲妲搶回去才對。

而且，瑟蕾絲妲本身對這一點尚無自覺。不快點找到瑟蕾絲妲的話，她就危險了。

「我要救她——」

古城壓低聲音咕噥。雪菜感到意外似的眨了眨眼。

「咦？」

「我只是個高中生，才不想管第四真祖的力量，也覺得瓦特拉那傢伙真夠煩的，對古代邪神更沒有興趣。」

古城咬牙作響。

他腦海裡浮現的是沉睡於冰棺的嬌小吸血鬼少女身影。

有自稱的「大鍊金術師」被迫成為液態金屬生命體的監視者，還有學妹差點被改造成人工天使。古城再也不會讓像她們這樣的犧牲者出現。為此，他甘願與神為敵。

「不過最讓人火大的是那些把一無所知的女生當道具，還鬼扯什麼宿體或祭品的爛傢伙；還有認命接受那種遭遇的笨蛋！幫我，姬柊！我要救瑟蕾絲妲那笨蛋！絕對要救她！」

「是啊，那當然！」

雪菜眼睛閃著光芒，元氣十足地點了頭。

彷彿古城說的話也讓她自己得到了救贖。但是在立場上，她似乎不方便表現得那麼配合，所以連忙又換了一副表情掩飾。

「啊……不、不是的，剛才我說的，單純是以監視者身分陪同的意思……」

古城沒理會嘴裡嘀咕有詞的雪菜，又把耳朵湊向手機。

「淺蔥，再幫我查一件事。『深洋之墓二號』目前在哪裡？」

『你喔……』

直到剛才都被晾在一邊的淺蔥嘔氣似的說了：

『哪有什麼好查的，「深洋之墓二號」不就是瓦特拉先生的船嗎？要找那艘船的話，已經快到港口了啊。』

「咦……！」

『不用那麼驚訝吧。雖然它有一陣子不知道開去哪裡，現在不就回來了？我想差不多也可以用肉眼看見了喔——』

「……」

古城默默將視線轉向港口。從現在的位置有基石之門擋著，看不到港口。不過換成從古城他們剛才待的大廈頂樓瞭望區看過去又如何呢？

即使如此，離港口依然頗有距離才對——

「難道那傢伙看到了瓦特拉的船？她視力到底有多好啊……！」

古城嘀咕著切斷通話。最後有一瞬間，他聽見淺蔥似乎在抗議的聲音，但現在沒空介意那些了。

是古城告訴瑟蕾絲姐有「深洋之墓二號」這艘船存在。瑟蕾絲姐發現瓦特拉回來，大有可能會不顧一切跑去找他。對瑟蕾絲姐來說，瓦特拉值得她那樣冒險。基本上除了古城等人以外，她在這座島上能依靠的就只有瓦特拉了。

此時古城正好看見了夏音等人朝這邊趕來的身影。夏音和亞絲塔露蒂似乎跑了許多地方幫忙找人，呼吸都很喘。

「——不好意思，辛苦妳們了。我大概知道瑟蕾絲姐會在哪裡了。叶瀨和亞絲塔露蒂先直接回去吧。等事情有著落我會再聯絡。」

古城說著向兩人雙手合十拜託。

其實瑟蕾絲姐在哪裡還不確定。即使籠統地說在港口範圍也很廣，基本上也無法保證瑟蕾絲姐真的去了港口。但古城判斷不能讓夏音她們繼續冒著危險找人。

夏音將妮娜捧到古城眼前。

「那個，希望大哥讓我們多幫忙一會。院長大人可以提供助力。」

「妮娜能幫上忙……？」

古城帶著半信半疑的表情注視妮娜小小的身體。身高不滿三十公分的液態金屬人偶感覺在這種情況並不會派上用場。妮娜自己好像也不明白夏音怎麼會這麼說，一臉糊塗的表情。

沒問題──夏音卻溫柔地微笑著解釋：

「因為瑟蕾絲妲小姐戴著用『賢者靈血』製造的耳環，我想院長大人應該會知道她去了哪裡。」

「……噢！」

原來如此──妮娜佩服似的彈響手指。

古城低頭看著這個自稱的「大鍊金術師」，疲倦似的嘀咕：「妳自己都沒想到啊？」

5

瑟蕾絲妲．夏緹站在港口旁的埠頭。

皮製涼鞋；綴有繽紛刺繡的洋裝；特徵明顯的蜂蜜色金髮正隨著強勁的海風搖曳。

她倚著生鏽的扶手，呆呆地注視浮在洋面上的船。以個人財產來說大得超乎常軌的遊船，船名「深洋之墓二號」——如果曉古城所言屬實，迪米特列・瓦特拉就在那艘船上。

儘管瑟蕾絲妲明白這一點，卻不敢靠近船。

她想見迪米特列・瓦特拉。對方是在染血的神殿裡將自己從絕望中拯救出來的恩人。可是她也有不想見面的心情。她有預感，見到瓦特拉以後恐怕一切都會結束，短暫而幸福得像夢一般的平穩生活將劃下句點——

「瑟蕾絲妲——！」

古城的聲音正在呼喚她。瑟蕾絲妲看似困擾地朝聲音傳來的方向回頭。氣喘吁吁地跑來的古城看到她平安，便精疲力竭似的當場停下腳步。停在古城旁邊的雪菜拿了手帕，替滿頭大汗的他細心擦拭。這兩個傢伙幹嘛當著公眾面前調情啊——瑟蕾絲妲繃緊眉頭。

雖然她覺得遲早會被追上，不過這比想像的快了許多。

他們大概相當拚命地到處找我吧——瑟蕾絲妲心想。儘管不情願，她不得不承認自己對此有些欣慰。可是瑟蕾絲妲壓抑住那股情緒，瞪著古城說：

「你幹嘛跟來！跟蹤狂！我看你真的是變態對不對！」

「囉嗦！我才想問妳在想什麼！自己擅自跑掉，要是沒見到瓦特拉妳又要怎麼辦！」

古城朝尖銳地責難的瑟蕾絲妲吼了回去。

「跟、跟你又沒有關係！」

「怎麼會沒有關係，笨蛋！」

「笨、笨蛋……？你剛才叫我笨蛋？」

「我就是想幫妳所以才來幫妳！反正跟我走就對了！」

「什麼話嘛！莫名其妙！」

古城那種彷彿擺脫掉某種心結的氣勢讓瑟蕾絲妲嚇住了，但她還是賭氣與對方互瞪。古城卻沒有轉開視線。

結果瑟蕾絲妲鬥不過古城，才鬧彆扭般鼓起臉頰嘀咕：

「我想起來了啦。」

「啥？」

「被瓦特拉大人拯救前的記憶。雖然只有一點點——」

「妳是說……」

古城說到一半就止住了話語。瑟蕾絲妲僅剩的最後一段記憶，是她在神殿差點被殺的場面——古城知道這一點。

「我在自己的村子裡被那些人擄走，然後就被帶到森林深處一座快要毀壞的神殿。他們是想拿我當祭品。」

瑟蕾絲妲道出自己串聯起來的片段記憶。

讓她取回記憶的契機是「深洋之墓二號」的船影。瑟蕾絲妲看過那艘船。恐怕就是在歷經神殿那場慘劇，然後被送來絃神島的前一刻看到的。

「妳說的那些傢伙，是指那幾個獸人嗎？他們是薩薩拉瑪丘的信徒對吧？」

古城強勢地問了。瑟蕾絲妲卻搖搖頭。

「不對……那些人……是想保護我……」

「……咦！」

「想拿我當祭品的，是軍人。當時發號施令的是個女的。」

瑟蕾絲妲閉上眼睛回憶那一幕。

為了救出被擄走的瑟蕾絲妲，眾多獸人湧入神殿。於是他們被殺了，被使用現代化裝備和奇怪招式的一票軍人所殺。

當時要是迪米特列・瓦特拉沒出現，獸人們肯定就全滅了，而且瑟蕾絲妲鐵定也會慘遭毒手，被當成獻給邪神的祭品——

「女的……軍人……？」

古城聽了瑟蕾絲妲的告白，一臉驚愕地說。古城那種誇張的反應讓瑟蕾絲妲心生動搖。

「那傢伙，該不會是叫安潔莉卡・哈米達——」

古城一臉認真地追問瑟蕾絲妲，隨後——

「——學長！」

雪菜用肩頭將古城撞開了。

古城連發生了什麼事也不明白就被撞得東倒西歪。有某種物體以驚人速度掠過他在前一刻所站的位置。

離他們約十五公尺遠的地面旋即散裂出混凝土碎片。

他們遭槍擊了。遠距離的狙擊。

「姬柊！剛才那是——」

起身的古城愕然環顧四周問道。

「我們被包圍了！怎麼會……是什麼時候……！」

雪菜從背後的硬盒抽出長槍。然而在她將槍身展開以前，有幾道身影搶先出現在古城一行人的周圍。女性一名、男性兩名，恐怕全是外國人。

兩名男子穿著樸素的灰色衣服，卻顯得異常醒目。

他們都是身高近兩公尺的光頭壯漢。其中一個人是大鬍子，另一個則戴了太陽眼鏡遮著兩隻機械義眼。

而且，女性的外表又比那兩個男人更醒目。

模特兒般的高挑身材和看似整容過的漂亮臉蛋。即使她披著附皮草的豪華大衣，依舊看得出底下藏著一副鍛鍊有素的肉體。

女子從大衣底下掏出的是小型衝鋒槍。

衝鋒槍的高連射性能對能洞見片刻之後的未來——擁有靈視能力的雪菜來說，也是一大威脅。女子正是明白這一點才將槍口指向雪菜。在一開始狙擊失敗時，她就精確地看出了雪菜的能力。

「所有人都別動。」

女子用流暢的日文說道。在古城壓低姿勢想朝她揮拳招呼過去的瞬間，有好幾發子彈射到離古城腳尖只差分毫的地面。

古城花了一點時間才察覺那是女子在瞬間瞄準開的火。速度驚人又精準的射擊。

「剛才的是警告。下次就會命中。」

她淡然地繼續開口。那是既非虛張聲勢也非威脅，單純告知事實的公務性口吻。

「妳就是安潔莉卡·哈米達？」

古城瞪著她的眼睛問了。

哼——女子不愉快地瞇了眼。

「在這座遠東的『魔族特區』，竟有人知道我的名字……看來你倒不是普通的民眾。」

果然沒錯——古城理解了。

安潔莉卡．哈米達恐怕從之前就在監視古城他們了。或許她一直在拿捏綁架瑟蕾絲妲的時機。

可是她卻忽然改變計畫，突然來襲擊瑟蕾絲妲。那是因為古城提到了「安潔莉卡．哈米達」這個名字。

既然古城知道她的姓名，很有可能已經規劃了應付的對策。這樣的話，就要在古城準備萬全以前動手綁走瑟蕾絲妲。她應該是這樣想的。

實際上，別說是擬出對策，古城根本連安潔莉卡．哈米達的真面目都不清楚——

「也罷。我們的要求只有一個，將瑟蕾絲妲．夏緹交出來。我希望避免無謂之爭，你們能乖乖配合就感激不盡了。」

安潔莉卡單方面宣告。

唔——古城咬脣。對方有三個人，而且都帶著槍械。即使憑雪菜的身手，也不可能一邊保護瑟蕾絲妲一邊對付所有敵人。

雪菜是剋制魔族的專家。她從獅子王機關那裡領到的裝備，終究是用於和魔族戰鬥的武器，對付軍人並非她的專長。

如果古城動用眷獸，大概可以度過這一關。然而，想來安潔莉卡等人並不會袖手旁觀他召喚眷獸。恐怕一有召喚的動作，古城就會被轟成蜂窩。真是窮途末路的危機。

「你們打算對瑟蕾絲妲做什麼？」

窘迫的古城擠出沙啞的聲音問道。

安潔莉卡卻冷冷地只朝他瞥了一眼。

「在問問題的人是我們。」

「……什麼！」

「我再說一次。將瑟蕾絲妲．夏緹交出來。」

古城默默挪開視線，然後看了身旁瑟蕾絲妲的表情。

瑟蕾絲妲眼裡浮現出對安潔莉卡等人純粹的恐懼。

看出那股情緒的古城瞬間下定了決心。不，結論從一開始就出來了。因為古城等人就是為了不讓她露出那種表情，才會一路追過來。

「免談。」

古城自信地笑著說。雪菜恐怕也料到了他的答覆。古城現在在想什麼，她應該也心裡有數才對——

「是嗎？很遺憾。」

安潔莉卡隨手一揮。揮的不是拿衝鋒槍的右手，而是什麼也沒拿的左手。

瞬時間，眼睛無法看見的巨刃朝古城等人掃過來。

雪菜用銀槍擋下不可視的這一劈。安潔莉卡以魔力構成的鋒刃，剛接觸能令魔力失效的「雪霞狼」就瞬間瓦解了。

然而，「雪霞狼」無法連安潔莉卡這一劈所造成的動能都完全抵消，防禦造成的衝擊讓雪菜直接被震飛近數公尺才勉強著地。

而且，古城對安潔莉卡的攻擊閃也閃不掉，擋也無法擋。

「——學長！」

察覺古城姿勢不穩的雪菜倒抽一口氣。

古城的頸根當著她的眼前噴出了鮮血。

傷口從古城的左肩深達右側腹。

宛如被巨斧劈中的那道傷口甚至貫穿了古城的背脊。

「呀啊啊啊啊啊啊啊——！」

瑟蕾絲妲口中發出尖叫。

隨後，古城當場緩緩倒了下來。

第四章 邪神的新娘

The Incubator

1

「咕……！」

血團從古城的喉嚨湧出。腿軟的他雙膝跪地。

光是劇痛似乎就毀了全身的神經，視野徹底染為深紅。

「古城！」

瑟蕾絲姐緊緊摟住古城，絲毫不管剛買的衣服弄髒。

都是靠她，古城才勉強保有意識。不要緊——古城用殘留著些許知覺的右手按住傷口，好鬥地對她笑了。

「這種攻擊是……！」

儘管雪菜擔心受傷的古城，卻無法從現場移動。

握著銀槍的雙手麻痺了。憑雪菜的靈視也無法看穿不可視猛劈，而且其威力遠超出飛刀之類單純的投擲武器，宛如處刑人於斬首時揮下的沉沉一斧。

「哦……擋住我的刀刃了嗎？以民眾來說挺有兩下子。」

安潔莉卡不給雪菜思考的時間，揮手又是重劈。

厲害如雪菜也無法完全化解看不見的攻擊。靠「雪霞狼」的結界防禦魔力之刃，已讓她焦頭爛額，抵消不掉的衝擊再次將雪菜整個人震飛。雖然她來得及護身，傷害仍逐步累積到全身。

即使如此，雪菜能勉強避開致命傷，是因為她曾經和使用相似招式的敵人交手過。安潔莉卡的不可視猛劈和名為「轟嵐碎斧」的招式有些許共通處，不過威力是安潔莉卡遠遠居上。她那招強得若是直接挨中，連身為第四真祖的古城都會失去戰力。

「——布耶、馬提斯，將瑟蕾絲妲．夏緹捉住。我要和這丫頭玩玩。」

安潔莉卡．哈米達對男部下做出指示。

和「玩」這個輕薄的字眼恰恰相反，安潔莉卡冷酷的眼裡看不出凌遲雪菜取樂的意思。她散發出來的是沒有雜質的純粹殺意。

雪菜能擋下看不見的猛劈，使安潔莉卡將她看成阻擾自己任務完成的不確定要素。所以得立刻除掉雪菜——安潔莉卡的思路簡單明快，正因如此才讓人無機可趁。她和雪菜以往對峙的任何敵人都不同。

「了解。」

安潔莉卡的男部下從左右靠近瑟蕾絲妲。他們的動作同樣沒有破綻，不過他們只是在提防尚存作戰能力的雪菜以及可能逃跑的瑟蕾絲妲。

古城已經身負致命傷，意識能保留至今都令人感到不可思議。縱使是生命力強韌的獸人或舊世代的吸血鬼，傷成這樣也無法繼續戰鬥。他們具備豐富的實戰經驗才會如此判斷，而這就是古城僅有的唯一勝算。

「你們休想——」

「……古、古城？」

古城受創的左半身當著驚訝的瑟蕾絲妲眼前化為銀霧了。

古城用化為霧團的手捶向地面。瞬時間，古城手臂接觸到的地面也成了不具實體的霧。失去立足點的男子們立刻反應過來，縱身往後退避。

然而，古城無差別散發的霧化能力硬是比他們快。

「我要把你們直接推下海——！迅即到來，『甲殼之銀霧（Natra Cinereus）』！」

古城背後隱約浮現出一道銀色的巨大身影。

第四真祖率領的第四號眷獸——「甲殼之銀霧」，是司掌吸血鬼霧化能力的眷獸。不過，其能力不只會作用於古城身上，更能遍及周圍的物體。而且東西一旦變成霧，並不保證可以完全恢復原狀。破壞性如此擾民的眷獸，與被奉作災厄化身的第四真祖正好相稱。

過去古城受傷時，這匹眷獸曾失控將他的一部分肉體變成霧。因此古城才挑釁安潔莉卡，並承受她的攻擊。

刻意傷害自己，讓眷獸失控。這就是古城在逼不得已之下的最後一手。可是——

「原來是吸血鬼！嘖，波蘭德！」

安潔莉卡．哈米達朝著嵌進脖子的通訊器怒喊。隨後——

「——咕！」

理應發動了反擊的古城嘔出鮮血摔倒在地。

古城的軀體少去一大塊，心臟被完全轟掉了。

那陣衝擊使他的意識停止短瞬，召喚的眷獸遭到解除。原本霧化的地面又恢復實體，像濃稠熔岩似的凝固成扭曲模樣。

「狙擊？怎麼會——！」

注意到古城傷勢的雪菜驚呼。

安潔莉卡．哈米迪還有另一個部下。對方從蓋在遠處的燈塔上拿狙擊步槍瞄準古城一行人。而且，那個人照著安潔莉卡的指示，精確地只轟掉古城的心臟。真是驚人的狙擊技術。

古城只有左半身霧化，右半身則為了保護瑟蕾絲妲不受霧化而保留著實體。敵人針對的就是這個弱點。

「咕……喔……！」

失去心臟的古城連站都無法站。他拚命想撐起上半身，但是光抬頭就已經耗盡氣力。大鬍子男性對古城採取動作了。男子脫掉手套，結果他的右臂是一條粗獷的金屬義手。

「命中了，波蘭德！剩下的交給我——」

男子用義手的手掌對準古城的頭。有槍口嵌在他的掌心中央。在這種距離下被開槍無法可逃，況且頭顱被徹底轟爛的話，憑真祖的痊癒力應該也要花相當時間才能復活。就算古城復生，也無法保護瑟蕾絲妲了。

「——唔！」

轟然巨響響起，熾熱的衝擊拂過古城的臉頰。

不過被轟飛的並非古城，而是將槍口對著他的男子。

「『妖擊之暴王（Irrlicht）』！」

隨著少年的呼喚聲冷冷響起，巨大猛禽在閃光籠罩下現身。

翼長數公尺的龐然身軀從遙遠上空飛降，將裝備義手的男子轟飛了。

千鈞一髮之際逃過直擊的男子，腳邊瞬間受高熱熔解。

猛禽的真面目是吸血鬼眷獸，達攝氏數萬度的高密度火團。

「這匹眷獸是……！」

古城和瑟蕾絲妲茫然望著出現在眼前的陌生眷獸。

他們身旁出現了一名令人聯想到冰冷刀械的俊美少年。

「瞧你這慘樣，曉古城——」

少年俯視著渾身是血倒在地上的古城，輕蔑般說道。古城對那張臉很熟悉。

「特畢亞斯．加坎！你……為什麼會……？」

「我受了瓦特拉大人的命令，一直在監視Zen Force這班人。不過，憑你果然是保護不了瑟蕾絲妲．夏緹的樣子。」

加坎說著便揮了右手。熾熱猛禽化作閃光飛過數百公尺遠，摧毀了埠頭前方的燈塔。那正是暗算古城的狙擊手藏身的燈塔。

「Zen Force……？」

「就是美利堅聯盟國陸軍的特種部隊。他們不是你能應付的對手。聽懂了就給我乖乖趴在地上！『崩擊之鋼王』！」

讓猛禽對付狙擊手的加坎召喚出新眷獸。

那是一隻身高達四五公尺的鐵灰色類人猿，以濃密魔力具現成形的鋼鐵魔像。宛如巨大鐵塊的雙臂朝裝備義手的男子揮了下來，並且將地面扒開。

「是迪米特列．瓦特拉的部下？謝天謝地。」

裝備義手的男子瞪著操控眷獸的加坎，愉快地笑了出來。

「你說……謝天謝地？」

「對付平民小鬼頭心情太沉重。找『戰王領域』的貴族當對手才殺得痛快！」

「少放肆，你這雜碎！」

加坎或許是認為男子話裡有侮辱之意，氣得臉皺在一起。裝備義手的男子當著他的面倏忽消失蹤影。男子飛身跳躍的速度驚人，連吸血鬼的反應速度也無法完全追上。

裝備義手的男子出現在加坎背後開火。

反應慢一拍的加坎閃避不及。但是在出膛的散彈撕裂其身軀之前，從旁伸過來的魔像鋼臂就將所有彈丸打落了。

「這樣啊……將人工義肢和魔具融合？看來你就是美利堅聯盟國陸軍自豪的魔義化步兵（Sorceress Soldier）吧。」

即使加坎見識到義手男子驚人的體能，臉色也沒有改變。他的眼神只是銳利了一些。

「不過，腦部終究保持著人樣吧？『魔眼（Wadjet）』！」

加坎染成深紅的眼睛綻放了蠱惑人的詭異光芒。那陣光芒來自他取名為「魔眼」的不可視眷獸，可以入侵和他四目相交的敵人腦內支配其意識——

「馬提斯——！」

戴太陽眼鏡遮著一雙機械化義眼的男子察覺到加坎的攻擊真面目為何，就呼喚了同伴的

名字。但是義手男子沒有回應。他的意志已經被加坎的眷獸支配。

鋼鐵魔像朝停下動作的義手男子發動攻勢。

這一擊理應絕對躲不掉，可是鋼鐵魔像的必殺攻擊卻被義手男子驚險閃開了。他那人偶般不自然的動作彷彿受到看不見的懸絲操控。

「嘖……居然會自動閃躲！」

義手男子的機械化肉體不靠本人意志就採取行動避開了加坎的攻擊。察覺其中原理的加坎因而咂嘴。

戴太陽眼鏡的男子抓準加坎的破綻行動了。男子雙肩的肌肉裂開，露出埋藏於體內的魔具——有好幾片金屬板縱向排列的奇特魔具。

「你大意了，加坎卿——」

男子用狀似散熱片的魔具放射出七彩鮮豔的蜃景。

接觸到蜃景的地面瞬間炭化。

能製造熾熱蜃景，將目標化為黑色碳渣的魔具，其原理不得而知。不過那肯定是專門為了殺魔族才製造的戰鬥用魔具。

「唔……」

太陽眼鏡男子的魔具威力出乎預料，令加坎表情緊繃。

因為加坎沒想到，非魔法師的特種部隊士兵能使出這等攻擊魔法。

啟動強大的魔具需要相應的魔力及適應性。他們付出將肉體機械化的代價，克服了這項限制。

然而，加坎理解這些時已經晚了。被敵人抓到片刻大意的他，沒空逃離蜃景的射程。七彩光芒籠罩住加坎——

說時遲那時快，有道巨雷毫無預警地出現，並幻化為一頭眩目的雄獅。雷獅驅散七彩蜃景，解救了加坎。

「『獅子之黃金（Regulus Aurum）』！」

單腳跪地的古城起了身，召喚出新眷獸。

被摧毀的心臟已經再生完畢。精確來說，與其稱為心臟，感覺更接近以大團魔力構成的不明臟器，但能讓身體活動就無妨。

遭砍斷的左肩也已經勉強癒合。儘管狀況不萬全，還是能作戰。這都是拜吸血鬼真祖擁有的形同詛咒般的超凡痊癒力所賜。

「曉古城，你這傢伙！」

「剛才欠的人情還你了……加坎……！」

古城傲然大喊。加坎屈辱得發抖，瞪著古城怒吼：

「別開玩笑了！我不需要你協助！有你在反而礙事！」

「還嘴硬啊，你這男的就剩一張嘴……」

回嘴的古城脣邊溢出鮮血。靠他目前受創的身體，要駕馭眷獸果然負擔沉重。不過靠著古城他們的眷獸，安潔莉卡的部隊默契已經被打破了。

「學長！」

眷獸發散的高熱餘波讓安潔莉卡錯失雪菜的蹤影。雪菜趁隙趕到了古城身邊。

「……姬柊，妳沒事吧……？」

「是的，我沒事。可是，再這樣下去學長的體力就——」

雪菜扶穩受傷的古城。在另一邊，瑟蕾絲妲也默默地將肩膀借給古城。

駕馭第四真祖強猛過頭的眷獸，會急劇消耗古城的體力。

這場戰鬥再拖下去，對負傷的古城極度不利。最糟的情況下，失去控制的眷獸一發飆，連雪菜和瑟蕾絲妲也有可能遭殃。

「馬提斯，你能動嗎？」

安潔莉卡獨力引開古城和加坎的眷獸，同時也設法替部隊重整旗鼓。被加坎攻擊而失去意識的義手男子經過安潔莉卡重新啟動（Reboot）後就恢復神智了。

「不要緊，少校。雖然護符（Proxy）障壁遭到破除，但是沒問題。」

「好。你和布耶一組，去解決那些吸血鬼；眷獸由波蘭德與我對付。」

「了解——」

兩名男子收到安潔莉卡的指示，又開始針對古城等人採取行動。

古城臉色焦躁。幸虧有加坎助勢才讓戰力平分秋色，然而古城等人帶著瑟蕾絲妲這個保護的對象，施展起來必然大受限制。這表示假如他們碰上會波及瑟蕾絲妲的攻擊，就只能捨身保護她了。

安潔莉卡的部下明白這一點，都移動到確實能對古城等人下殺手的位置。

接著他們困惑地停下動作。因為瑟蕾絲妲出現了意料外的舉動。

「等等——」

瑟蕾絲妲張開雙臂走向前，像要保護古城等人。男子們不敢出手，就怕會直接打中她。

「別傷害他們！你們的目標是我吧！既然這樣——」

「瑟蕾絲妲，快回來！」

「不可以，瑟蕾絲妲小姐！」

古城拖著受傷的身體追人，雪菜同時也衝了過去。

「動手。」

安潔莉卡看他們倆毫無防備地跑到火線上，便命令部下攻擊。義手男子將槍口對準他們。緊接著——

「唔喔！」

挨中機關炮連射而痛苦呻吟的人反倒是義手男子。預料外的炮擊來自海面。大口徑機關炮的炮彈比聲音更快，炮聲遲了一會才終於傳來。

「什麼……！」

安潔莉卡．哈米達回過頭。

操縱機關炮的是個在小型汽艇上的女性——穿著亂醒目的黃色迷彩裝的年輕女孩。駕駛汽艇的人，則是另一個穿著同樣華麗的藍色迷彩裝的女孩。兩人都美得令人詫異。

「敵人有援軍？她們是特區警備隊？不對……」

察覺到埠頭有新人影上岸的安潔莉卡瞇了眼睛。

採取行動將安潔莉卡等人包圍的，分別是穿著白色和黑色迷彩裝的十幾歲少女。想來不會是正規警備人員，但也不是普通民眾。

像她們那樣顯然是經過訓練的士兵才有的身手。就訓練度而言，即使和安潔莉卡的部隊相比應該也不遜色。

「第四真祖大人——您沒事吧～？」

最後上岸的則是穿深紅色迷彩裝的少女。她扛著塗了都市迷彩的大型火器。

「那……那些傢伙……！」

察覺那群神祕少女身分的古城茫然咕噥。

她們是「深洋之墓二號」的女僕部隊。

雖說是女僕，但她們並非普通的傭人，其來頭都是「戰王領域」周邊鄰國的王公貴族之女。據聞她們原本是為了換取祖國安寧才交給迪米特列・瓦特拉保管的「人質」。然而瓦特拉身為戰鬥狂，對人質和女人都沒興趣，結果她們就被當成單純的客人款待了。

到最後，閒得發慌的這群女孩反倒一下子誘惑古城想來個下剋上，一下子成了影片投稿網站的紅人，甚至還轉到彩海學園就讀，全都過得為所欲為——

「居然搬出了導向飛彈！」

安潔莉卡看見紅色迷彩裝少女手裡預備的火器，嘴脣便看似不悅地發抖。

魔義化步兵可以輕鬆撐過步槍彈等級的攻擊，但是挨中機關炮或飛彈實在不可能安然無恙。何況還要同時應付兩名貴族階級的吸血鬼就太吃虧了。

「嘖。」

再鬥下去占不到便宜。如此判斷的安潔莉卡立刻修正了戰術目標。

從殲滅敵人改為擄走目標。

發揮機械化肉體的速度，將呆站著的瑟蕾絲妲・夏緹抓到手，然後逃走。最糟的狀況下，犧牲兩個部下應該就可以甩掉敵人的追蹤。

瞬間盤算好的安潔莉卡放低重心，準備提升自身速度。此時——

「哎呀，我不會讓妳走喔，安潔莉卡．哈米達。」

忽然間，瑟蕾絲妲．夏緹四周的地面起火了。

安潔莉卡注意到火焰裡蘊含的魔力密度，因而咬牙切齒。包圍住瑟蕾絲妲保護她的，是呈琥珀色燃燒的熔岩眷獸。就算是安潔莉卡，也不可能衝進那道熔岩裡，將瑟蕾絲妲．夏緹活生生地帶回去。

「是迪米特列．瓦特拉——？」

安潔莉卡發現操縱新眷獸的男子身影，口裡嘀咕著問了。

在金色霧氣環繞下，現身於埠頭的金髮碧眼吸血鬼。

穿一身純白西裝的貴族青年露出迷人笑容，凝望著安潔莉卡。

「我們撤退。波蘭德，幫忙掩護。」

安潔莉卡對部下們如此命令，隨即縱身一躍。

她在港口外圍的倉庫屋頂上落腳以後，就看不見身影了。她那些男部下也早就撤退完畢。古城確認敵人已經完全離去，才解除掉召喚的眷獸。

劇痛在古城安心的同時在全身復發，讓他又當場倒下。

「咦……已經結束了啊？」

紅色迷彩裝少女擱下沒機會開火的飛彈發射器，大失所望般嘆了氣。

2

瓦特拉大概讓某個部下設了驅人的結界，儘管戰鬥聲勢那般浩大，卻沒有聽見特區警備隊趕來埠頭的動靜。不然就是安潔莉卡・哈米達那些人事先已採取妨礙通訊一類的對策。湮滅證據等等的幕後工作似乎是由深洋少女組負責。穿藍色迷彩裝的少女拿出了筆記型電腦，正要駭入保全監視器的系統。古城在雪菜的攙扶下，一臉乏力地望著那幕似曾相識的光景。

「嗨，古城。看來你照我期待的保護了瑟蕾絲妲，不愧是我深愛的吸血鬼。」

瓦特拉用了演戲般的做作口吻向古城問候。

「就算開玩笑也不要說那種噁心的話。」

古城頭也沒轉，冷冷地撂下一句。

瓦特拉看了古城那種反應，倒一副開心的樣子格格發笑。

「特畢亞斯也辛苦了。『染血者』安潔莉卡對付起來如何？」

「……都在我意料之內。對方確實難纏——但既然是分隊規模的兵力，並不至於無法應付。雖然窩囊的第四真祖和她交手後成了這副德行。」

加坎站得直挺挺地回答。他的字句間透露著對古城的敵意。加坎對於瓦特拉沒有將瑟蕾絲妲託付給他，而是交由古城保護這一點，應該心有不滿。

「問題在於美利堅聯盟國的動向。紘神島上肯定有偽裝成民營企業的該國據點——」

「原來如此。安潔莉卡・哈米達要是向據點尋求支援，事情或許就有趣了。」

瓦特拉說著舐脣露出了微笑。古城苦著臉嘆氣。假如放著這男人不管，他似乎又要搞一些沒建設性的事了。

「慢著，瓦特拉。」

「……嗯？怎樣？」

瓦特拉露出迷人的笑容回頭。

從古城背後傳來了瑟蕾絲妲感到驚豔得倒抽一口氣的動靜。可是在深知瓦特拉性格的古城眼裡看來，只覺得那副笑容假得不得了。

「你會對我們說明這次事情的原委吧，從頭到尾。」

「當然。不過我們換個地方好了。先不提治療，你也需要換衣服吧？」

瓦特拉指著棧橋的方向提議。他的「深洋之墓二號」才剛入港。讓瓦特拉款待是不太愉快，但古城穿著沾滿血的衣服，確實連安心在外走動都不行。看來只能接受招待，到瓦特拉的遊船上了。而且對於被安潔莉卡・哈米達盯上的瑟蕾絲妲來說，「深洋之墓二號」船內應該是絃神島上最安全的地方。

可是最要緊的瑟蕾絲妲卻躲在雪菜背後，不知為何都不肯和瓦特拉對上眼，看起來反倒像在迴避他。

「——喂，瑟蕾絲妲。妳是怎麼了？」

感到奇怪的古城開口問了她。瑟蕾絲妲頓時嚇得微微哆嗦。她就像潤滑油乾掉的齒輪，僵硬地轉頭回答：

「你、你問什麼？」

「這還用說。妳終於見到最崇拜的瓦特拉了吧。高興一點啊。」

「我、我很高興啊。瓦特拉大人還是一樣英姿煥發……哎……好帥……」

「既然如此，妳去打個招呼不就好了。」

古城傻眼地聳了聳肩。之前被安潔莉卡・哈米達斬成兩段的左肩已經痊癒到姑且能動的程度了。

「總要有心理準備嘛！我頭髮亂糟糟的，還穿這種便宜的衣服——」

「呃……那套衣服……是我出錢買給妳的耶……」

瑟蕾絲妲自貶的台詞讓古城頗為受傷地回了一句。

「不提我了，你真的沒事嗎……？剛才你傷勢那麼重……」

「哪有可能沒事。我全身上下都痛，衣服也變得稀巴爛了。」

古城揪著破得不像樣的連帽衣給瑟蕾絲妲看。脖子附近開了一大條縫，背後和身上也被燒出大洞。這種情況下能保有衣服的形狀堪稱奇蹟。古城滿喜歡這件連帽衣，不過大概只能重買了。

「對……不起。」

瑟蕾絲妲對著古城失落的背影小聲說了。

古城聽見那不符她本色的乖巧語句，忍不住懷疑起自己的耳朵。

「咦？」

「我是說對不起啦！還有，謝謝你！被你保護……呃，我覺得很高興……」

瑟蕾絲妲忸忸怩怩地雙手手指交繞，鬧彆扭似的趕著把話說完。

古城目瞪口呆地望著她垂下的臉龐。即使瑟蕾絲妲說完就走了，古城還是訝異得愣了一陣子沒恢復。

雪菜傻眼地覷著古城那張臉。

「你為什麼看她看得入迷啊，學長……下流。」

「我才沒有看得入迷，也不下流啦！」

古城不由得紅著臉慌慌張張地回嘴。

到「深洋之墓二號」停靠的巨大棧橋，徒步需要花五分鐘。

任何時候看都顯得壯觀巨大的船，在大約兩個月前的戰鬥中，甲板應該損毀了一部分，但是修理在不知不覺間已經結束，變得比過去更豪華。

瓦特拉正是領著古城一行人到那塊豪華的瞭望甲板。

以西斜的太陽為背景，廣闊的天空與海平線開展於眼前。

接著，在那裡等著古城等人的，是一群衣服上綴有黃金刺繡的詭異分子。

他們的人數總共有九人，全是男性，但年紀參差不齊。有白髮的老人，也有二十過半的年輕男子。這群人大概身分顯赫，除了黃金刺繡之外，所有人身上都戴著各式各樣的飾品或寶石。

他們的肌膚是亮眼的褐色，給人的印象和瑟蕾絲妲說不出的像。

「那些傢伙是什麼人？」

古城隨口嘀咕。雪菜立刻壓低音量回答：

「是魔族。我想恐怕都屬於獸人。」

「獸人……？喂，難道……！」

「是的。請你要小心，學長。」

雪菜提醒愕然的古城。

盯上瑟蕾絲妲的不只安潔莉卡．哈米達，最先襲擊她的是能夠神獸化的高階獸人。古城他們從兩旁包夾瑟蕾絲妲，保護看似害怕而身體緊繃的她。

不過瓦特拉似乎想安撫起了戒心的古城等人，溫和地笑著說：

「不用擔心，古城。那些人不是你們的敵人。」

「……你說……不是敵人……」

古城聽了以後仍無法立即放心，何況是瓦特拉給的保證。然而——

「他們是過去統治古代中美城邦『夏緹』的獸人神官後裔，世界上最古老的獸人種族之一。附帶一提，聽說獸人在他們的故鄉是被當成神明的使者來崇拜。」

「夏緹的……神官！那麼，他們信仰的神該不會就是——」

感覺到事情大有古怪的古城質疑。城邦「夏緹」——這是個耳熟的名字。淺蔥幫忙調查的情報中，就包含這城市的名字。住在那裡的人所信奉的神是——

「『玄冥神王』——薩薩拉瑪丘。」

瓦特拉像是壓抑不住欣喜之情般笑了。

據說以往曾造成兩百萬人犧牲的古代邪神。對身為戰鬥狂的瓦特拉來說，那大概是求之不得的「敵人」。為了和那種強敵交手，這男的絕不會吝於付出些勞力。

這傢伙總不會真的想讓邪神復活吧——古城的背脊竄上一陣恐懼。

「你別開玩笑了……薩薩拉瑪丘是帶來災禍及毀滅的邪神吧！祂的信徒怎麼會跟我們站在同一邊！」

「不愧是古城。原來你也知道薩薩拉瑪丘。不過，你似乎有些誤解。」

「誤解？」

「那些人確實是信奉薩薩拉瑪丘的神官，但他們並不希望邪神現世。正好相反，封印薩薩拉瑪丘才是他們的差事。那些人為了安撫作亂的邪神，已經執行了千年以上的儀式，就在熱帶雨林深處的城鎮裡，不為人知也不受讚揚地一直持續至今。」

是吧——瓦特拉一問，神官們便肅然頷首。看來那並不是瓦特拉自己胡謅的。

「薩薩拉瑪丘的真面目是一團不具實體的能量。城邦夏緹和這座絃神島一樣，位居龍脈的樞紐，只不過由於地形的緣故，那裡的能量只會一直累積而不會洩出。一旦爆發會變成怎樣，你應該也能想像吧？」

瓦特拉口氣輕鬆地解釋。古城默默點頭。

龍脈中流動的能量據說能將都市導向繁榮。絃神島會建設在離本土遙遠的太平洋上，也是因為流經洋上的龍脈交會於此。

然而，過剩的能量有時亦會引發災厄。以相傳在一夜之間沉入海底的大西洋王國為首，以往就有眾多古代文明是毀於龍脈失控的力量。

「那就是……過去發生的大災難真相……？」

「沒錯。而且薩薩拉瑪丘會被稱為邪神還有另一個理由。夏緹的民眾在他們的神殿裡，裝設了將龍脈能量實體化的魔法裝置。」

「實體化……等等，那是為了什麼！」

「為了操控龍脈啊。和我們吸血鬼的眷獸一樣，濃密的魔力本身會帶著自我意志具現成形。既然能使其具現化，也就可以進行操控。」

「那麼……瑟蕾絲姐……」

她到底是什麼來路——古城問了。假設邪神的真面目就是凝聚後的大地能量，不過是個普通人的瑟蕾絲姐又和那有什麼關係？古城感到不解。

「她是薩薩拉瑪丘的『新娘』，被邪神看中的存在。『玄冥神王』的『蛋』在她的懷抱之下，正迫不及待地想孵化，而且還一邊吸取著龍脈的力量呢。」

「吸取……龍脈的力量？」

始終在古城旁邊保護瑟蕾絲妲的雪菜神色驚訝地插嘴：

「難道閣下會將瑟蕾絲妲小姐送來絃神島，是因為……！」

「對。因為這裡是全世界最強龍脈流經的地點。薩薩拉瑪丘的『蛋』和龍脈分離就會瓦解。那麼一來，『新娘』也難保平安。因此只好讓她陷入假死狀態，再送來這座絃神島。」

瓦特拉毫無愧色地回答雪菜。

古城回想起瑟蕾絲妲被塞在行李箱的模樣。

當時她並不是單純睡著，而是一度陷於假死狀態，然後才復甦過來。靠著抵達龍脈上的絃神島而復甦——

「……為什麼你要大費周章地把瑟蕾絲妲帶出來？」

古城用責難的眼神對著瓦特拉。

瓦特拉的回答簡潔明快。

「因為有人想對她不利。」

「什麼？」

「你也看見了吧，古城？美利堅聯盟國覬覦薩薩拉瑪丘。夏緹的神殿遭受了他們派的特種部隊襲擊，使得眾多神官被殺害。為了確保『新娘』的安全，我必須將她帶出來。」

「你說的特種部隊，是剛才那個叫安潔莉卡的女人的部下嗎……？」

在機械化肉體內加裝戰鬥魔具的魔義化步兵。憑他們的戰鬥能力，應該能大勝獸人種族。這也符合瑟蕾絲妲指稱有女性士兵殺了獸人的證詞。

「那些傢伙為什麼想讓邪神醒來！」

「美利堅聯盟國有涉及『混沌境域』的內亂。他們提供武器及資金給叛軍，煽動民眾生事。安潔莉卡．哈米達是那類特務工作的專家。」

「你說……『混沌境域』……」

那種事怎麼會跟瑟蕾絲妲有關——古城感到混亂。區區一名少女和名為戰爭的浩大事態——兩者規模差得太多，讓人無法想像其中的關連。

瓦特拉看似愉快地望著疑惑的古城搖頭。

「但不管美利堅聯盟國有多擅於地下工作，『混沌境域』的內亂都不會持續太久，因為那個帝國有『混沌皇女』在。雖然那一位目前仍覺得有趣而採取旁觀，但是如果市民實際流了血，她立刻就會行動，到時叛軍就玩完了。哎，假如他們有武器能對付吸血鬼真祖，倒是另當別論……沒錯，比如……」

「……比如薩薩拉瑪丘？原來那些傢伙打算將邪神當成戰爭的道具嗎……！」

古城瞪著若有深意地呵呵發笑的瓦特拉驚呼。分散的齒輪兜在一起了。他在得知安潔莉卡・哈米達的身分時就應該率先料到這一點。

夏緹的城市位於「混沌境域」邊境。隸屬美利堅聯盟國的安潔莉卡和「混沌境域」的內戰絕不可能無關。

美利堅聯盟國會不會已經得到了足以對抗第三真祖的王牌——古城前幾天才跟雪菜討論過這一點。以往曾虐殺數百萬人的邪神，要當成對抗吸血鬼真祖的手段應該再合適不過。

「遠古邪神對第三真祖——雖然這個組合(Matching)讓人挺有興趣……可惜我總不能坐視事情就那樣發生呢。」

「廢話！」

無處宣洩的憤怒湧上古城心頭，使他雙拳顫抖。

古城對第三真祖嘉妲・庫寇坎的戰鬥能力也很清楚，那個怪物能操控二十七匹破壞力宛如天災的眷獸。萬一她和薩薩拉瑪丘正面衝突，根本無法想像會造成周遭多慘重的犧牲。

瓦特拉看古城火冒三丈，就滿足地笑著說：

「我們意氣相投呢，古城。我和你想的一樣。和邪神交手這麼棒的活動，交給別人就太無趣了。」

「我不是那個意思！要阻止邪神被召喚出來啦！」

瓦特拉的反應正如古城之前所擔憂的，讓他大罵出口。

對形同永生而活膩的吸血鬼來說，賭命和強敵戰鬥是僅存的無上娛樂。在古城所知的吸血鬼當中，瓦特拉的戰鬥欲更是格外旺盛，戰鬥狂之名亦由此得來。

「呼嗯。既然你這樣說就沒辦法囉。」

瓦特拉卻出乎意料乾脆地接受古城的主張。

只不過，盈現於他脣邊的是既美麗又刻薄的微笑。

「可是，這樣好嗎？想阻止薩薩拉瑪丘降臨，等於要殺害瑟蕾絲妲．夏緹喔。」

「什麼……？」

「瑟蕾絲妲．夏緹是薩薩拉瑪丘的宿體。只要她仍活著，遲早會讓薩薩拉瑪丘的『蛋』孵化。雖然不知道那將在幾年後或者幾十年後，但龍脈的破壞性能量會一直累聚至極限。」

瓦特拉用碧眼直直望向困惑的古城。

「——不過趁現在就殺得了她，對世界的影響也頂多止於大規模火山爆發的程度。累聚的神氣將回歸龍脈，『玄冥神王』則會再次長眠。那幾個薩薩拉瑪丘的神官一直以來就是如此封印住神。」

瓦特拉說到這裡，愉快似的朝成排獸人神官看了一圈。

神官們依然沉默地聽著古城他們交談。映於他們眼底的，是對瑟蕾絲妲的崇敬和畏懼，以及掩飾不盡的殺意。

瑟蕾絲妲察覺神官們的視線，害怕得斷斷續續發出驚呼。

雪菜扶著瑟蕾絲妲的背，古城則移動到能用背部遮住她們倆的位置。

「這些傢伙想殺瑟蕾絲妲嗎……從一開始就抱著這樣的念頭……？」

「照理說是如此。」

瓦特拉口氣輕鬆地說：

「不過責難他們可就怪錯人了。他們沒有其他能抑制『邪神』的辦法，再說成為祭品也未必就是不幸。據說歷代的『新娘』全都死得心滿意足喔。哪怕她們看到的是用咒術創造出來的虛假幸福——」

「瑟蕾絲妲會沒有記憶，原因就是出在這裡嗎……！」

古城護著發抖的瑟蕾絲妲咕噥。

瑟蕾絲妲對自己過去的記憶印象模糊，原因不只在於遭遇襲擊之際受到的恐懼。遭遇安潔莉卡．哈米達襲擊以前，她的記憶早被咒術剝奪。這無非就是那些保護她的神官下的手。

「在你照顧瑟蕾絲妲．夏緹的這段期間，我掃蕩了美利堅聯盟國在『混沌境域』的潛伏勢力。接下來只要邪神沒有現世，『混沌境域』的內戰立刻就會結束，也用不著『混沌皇女』出馬。」

所以——瓦特拉愉快地繼續說道，臉上帶著讓樂園居民墮落的狡蛇笑容。

「剩下的全看你了，古城。要殺掉瑟蕾絲妲．夏緹，阻止薩薩拉瑪丘復活；還是等著邪神在絃神島降臨——任憑你選。」

古城無言地咬住嘴脣，瑟蕾絲妲頓時肩膀發抖。

她那涼透的手指正無力地揪著古城的袖口。

「等等，瓦特拉……告訴我一件事。薩薩拉瑪丘要是化為實體，『新娘』——瑟蕾絲妲會變怎樣？」

古城懷著些許期待問道。

據說瑟蕾絲妲體內有薩薩拉瑪丘的「蛋」。所謂的蛋單純是一種比喻，那恐怕是指魔法創造出的「邪神基體」。

古城等人無法對存在於異世界——高次元空間的「蛋」出手。

然而邪神會化為實體，就表示「蛋」和瑟蕾絲妲之間的聯結會斷掉。既然如此，只要讓薩薩拉瑪丘降臨，再將祂打倒，瑟蕾絲妲應該就能獲得解脫——

古城那一絲淡淡的期待被瓦特拉輕易打碎。

「再怎麼優秀的靈能力者，器量都不足以接納神。『新娘』將無法承受薩薩拉瑪丘現世的衝擊而消滅——這麼想才是自然的結果。基本上，我倒不認為瑟蕾絲妲．夏緹能保住自我到那一刻就是了。」

「……瓦特拉……大人……」

瓦特拉無情的對待方式讓瑟蕾絲妲細聲低喃。

對她來說，瓦特拉應該是不安及孤獨中僅剩的最後依靠。

可是，瓦特拉所求的卻不是瑟蕾絲妲，而是存在於她體內的邪神罷了。這樣的真相讓走投無路的瑟蕾絲妲心靈產生龜裂。

「無論如何，瑟蕾絲妲都得死——你是這個意思嗎？」

古城拚命思考。他堅信應該還有什麼辦法。別被騙了——古城告訴自己。答案肯定就藏在哪裡。可以讓瑟蕾絲妲免於一死，又能避免邪神造成危害——肯定有如此理想的答案。

雪菜扶著絕望得發抖的瑟蕾絲妲。

她握緊長槍的手指也在發抖。

能令魔力失效、斬除萬般結界的破魔長槍——「雪霞狼」。不過，即使是她的槍也救不了瑟蕾絲妲。薩薩拉瑪丘雖然名為邪神，但終究是神。而且靠「雪霞狼」釋出的人工神氣，並無法抵消真正的神力。

就算這樣，古城仍拚命思考。

某個地方不對勁——有個聲音在無意識之中告訴他。安潔莉卡．哈米達的目的已經明白了，獸人神官的真面目也是。到了這一步，更想不到瓦特拉有什麼理由要欺騙古城。

然而就是有某個環節令人存疑。假如那些獸人神官的目的當真是要誅殺瑟蕾絲妲，那襲擊雪菜公寓的獸人又是什麼來路？

為什麼那兩個獸人不殺瑟蕾絲妲，而是想活捉她——？

假如他們想保護自己的都市不受龍脈失控所累，在瑟蕾絲妲來到國外時目的就已經達成了。瑟蕾絲妲死在這裡，對他們來說反而方便才對。沒殺瑟蕾絲妲的理由是什麼——？

那是為了還人情給援救一眾獸人的瓦特拉？或者——

「不……你們錯了。異國的吸血鬼們，事情並非如此。」

此時在船上低沉傳來的是一陣沙啞難辨的嗓音。

神官中最年輕的男子正笑著逐漸變為野獸的模樣。

從他的肉體湧現出不尋常的大量魔力。是神獸化。在場所有人都無法理解他為何要在這裡神獸化。

「你們本來就無從選擇——」

最先遭受攻擊的人是瓦特拉。

籠罩著驚人魔力的神獸鉤爪從背後剜向「蛇夫」的肉體。

他還未能回頭面對奇襲，上半身就被粉碎了。魔力之焰將肺、心臟、頭蓋骨及飛散的細胞燒得半點不剩。

「……瓦特拉！」

目睹貴族青年末路的古城大叫。

衝擊隨即從旁撲向古城。另一名神官完成神獸化，掃過了古城的身軀。左半身被挖去的古城滾倒在甲板上。

「學長！」

雪菜悲痛得整著臉皺在一起。事情發生得太過突然，連她都無法反應。

緊接著——

「不……要……啊……啊啊……啊啊啊啊啊啊啊啊啊……！」

這時，瑟蕾絲姐才放聲叫了出來。

3

天空的顏色變了。

從澄澈的午後藍天轉變成夕陽般的妖厲紫紅。雷雲如龍捲般渦動，無數閃電密布上空。狂風忽然颳起，撼搖「深洋之墓二號」的船體。

「瓦特拉……大人……古城……」

瑟蕾絲妲神色悵然地咕噥。

被她當成心靈支柱的瓦特拉遇害，古城也傷重垂危。那一幕讓瑟蕾絲妲接近崩潰的心靈徹底毀了。身負不老不死詛咒的古城受點小傷不可能會死。面對古城飛濺的血肉，那番道理已不具任何說服力。

瑟蕾絲妲釋放出風暴，使得一直保護她的雪菜被彈開。

「啊……啊啊啊……」

浮現於瑟蕾絲妲頭上的是個有如在半空中開了孔的奇怪球體，球體表面有著可怕的斑紋，像生物內臟般不停蠕動著。

球體的直徑連一公尺都不滿。

可是，它的模樣感覺像逐漸啃穿空間，持續在成長。

彷彿由瑟蕾絲妲投映出的那顆球體，勉強可以說近似於「蛋」。

來自異界，屬於異形生物的「蛋」——

「嘿……嘿嘿……嘿嘿嘿嘿……」

神獸化的男子俯視著倒在自己腳下的瓦特拉亡骸發笑。

那副扭曲笑容顯露的並非勝利快感，而是焦躁。拚命想將自己衝動犯下的殺戮行為正當化的卑微心理，化成了虛弱的笑容。

「真脆弱啊，吸血鬼。這是神獸的爪擊……縱使是『戰王領域』的蛇夫也要命絕……」

神獸化男子踐踏瓦特拉的亡骸，彷彿在說給自己聽。

「你這傢伙——！」

加坎神色憤怒地採取行動。他瞪著殺害瓦特拉的神獸，令熾熱猛禽化為實體。可是——

「慢著……那樣不行，加坎！」

受傷的古城鮮血淋漓地起身，驚險地阻止了加坎。

因為另一頭神獸已經移動到瑟蕾絲妲跟前。

儘管瑟蕾絲妲召喚了詭異的球體，但是目前的她毫無防備。如果神獸認真動手，她將會輕易送命。

「別動……你們這些死不成的吸血鬼。『新娘』要是在這種狀況下死了，我可不知道附身在這傢伙身上的邪神會怎麼樣。不想讓整座島被掀過來，就別對我們出手。」

第二頭神獸男子用一不做二不休的口氣強調。

他的側腹留有深深的燒傷痕跡。那是被妮娜用粒子炮轟過的傷口。他們果然就是襲擊雪菜公寓的那兩頭神獸。

「你們……為什麼會……」

一名神官聲音顫抖地問了。那是無法理解同伴為何突然背叛的反應。

「別怪我們。我受夠一輩子被束縛在叢林深處，只為了照顧讓邪神附身的小ㄚ頭的生活了。那個女人會提供高階種族該有的待遇給我們，只要將這ㄚ頭交出去就行啦——」

「愚蠢之輩——」

最年長的神官同情似的對叛徒嘀咕。

到了這一步，古城才終於明白一切。

安潔莉卡・哈米達能正確掌握薩薩拉瑪丘神殿的位置；她來絃神島沒多久就輕鬆找出了瑟蕾絲姐。

那全是因為獸人神官當中有她的內應。

他們認得瑟蕾絲姐的氣味。靠獸人的嗅覺，要循著氣味襲擊雪菜的公寓、一路跟蹤瑟蕾絲姐到埠頭，都是輕而易舉的事。

兩名神獸化男子財迷心竅，出賣了身為神官的自尊。

難怪古城會覺得獸人神官的行動不對勁。他們的所作所為從一開始就矛盾了，因為他們當中有叛徒——

「老不死的……你說什麼……！」

結果，冒出驚愕之語的是兩名叛徒。

因為眾神官當著把瑟蕾絲妲充作人質的他們眼前，掏出了自己的心臟。

古城與加坎愕然望著那一幕。發生於轉瞬的事情連要阻止都來不及。

「一切都照迪米特列·瓦特拉的盤算在走嗎……雖有不甘，但我們一族的任務到此結束了。現在已無法阻止『玄冥神王』現世……」

眾神官將自己掏出的心臟扔進瑟蕾絲妲頭上的球體。

扔進浮在半空的邪神之「蛋」——

「難道說，你們要在這裡執行召喚神王的儀式……！」

神獸化男子畏懼般驚呼。

就在隨後，吸了眾神官鮮血的「蛋」撲通一聲搏動似的發顫。

「『新娘』的絕望，加上我們神官的血——召喚儀式已然完成。」

最年長的神官看似滿足地微笑。

他的肉體在鮮血四濺中消失了。

是被「蛋」吞噬了——古城察覺。

從斑駁蠢動的球體表面有觸手像長鞭一樣伸過來，然後瞬間就將神官拖走。

被吞噬的不只最年長的神官，其他神官也陸續被觸手拖走並吸納到球體中。而且──

「住……住手……住手啊啊啊啊啊！」

「救、救救我……唔，唔哇啊啊啊！」

觸手也纏住了兩頭神獸的龐然巨體。

綠色觸手的真面目是蔓草，狀似常春藤的植物藤蔓。它們像蛇一樣蠢動，將巨大神獸逐漸納入球體之中。

隨著那些神官被吞噬，球體越變越大。

球體的直徑已經超過七公尺，成長得足以占滿「深洋之墓二號」的甲板。宛如怪物的種子也像通往異界的大門（Gate）。

失去自我意志的瑟蕾絲妲緩緩將雙臂平舉張開。

無數蔓草纏住她全身。

「慢著……瑟蕾絲妲……！」

古城察覺她想做什麼，立刻伸出手。

瑟蕾絲妲打算自己進入球體裡面。

可是古城還沒碰到瑟蕾絲妲，伸過來的無數蔓草就像鞭子一樣抽在他身上。而且那些蔓草纏住痛苦呻吟的古城，打算直接將他五馬分屍。

在古城意識即將遠離之際，雪菜澄澈的嗓音將他喚了回來。

「『雪霞狼』——！」

在銀槍一掃之下，藉魔力化為實體的蔓草被全部斬斷了。

古城的背重重摔在甲板上，痛得他猛咳。

「——你沒事吧，學長！」

雪菜舞著槍花在古城身邊落地。應該過得去——古城說著硬是撐起上半身。全身的傷口痊癒緩慢。雖然神獸造成的傷勢八成也是因素之一，不過和安潔莉卡那幫人交手受的傷也大有影響。血液流失得太多了。

瑟蕾絲妲已經被納入球體內部，身影就此消失。

目前古城等人並沒有手段能救她，阻止邪神實體化的方法也不得而知。

怎麼辦——當古城無能為力地咬牙時，雪菜忽然當著他的面用槍鋒抵住自己的手腕。她白皙的肌膚被淺淺劃破，湧出滴滴鮮血。

「姬柊……！」

「對不起，學長。現在只能先這樣——」

從傷口吸出血液的雪菜含著那些血，和目瞪口呆的古城四唇相疊。她的血味透過嘴對嘴，在古城體內擴散開來。

「學長，之後的事拜託你了！」

「姬柊？妳打算做什——」

雪菜對著準備起身的古城肚子出腿，粗魯地將他踹飛。

從瞭望甲板摔落的古城直接跌到了底下那一層。

「姬……柊……瑟蕾絲姐……」

古城最後看見的，是雪菜斬斷抽過來的蔓草長鞭，朝球體衝進去的背影。

天色的異常又加劇一層。

狂風捲上了染成火焰色調的天空，洶湧的大浪撼動整座絃神島。

在那般情境下，懸浮於半空的邪神之「蛋」正強而有力地搏動著。

4

「毀滅城邦『夏緹』的『玄冥神王』正要復活嗎……真壯觀。」

矢瀨基樹望著懸浮於火色天空的球體，語帶苦笑地咕噥。

留著短短刺蝟頭，脖子上掛了耳機的少年。

他坐在絃神中央機場轉運大樓的屋頂，碰巧就是兩天前，南宮那月遇上安潔莉卡・哈米達的地方。

該處和古城等人所在的巨大棧橋，即使以直線距離來說也有近兩千公尺遠。然而在半空中開的奇怪大洞，已經膨脹得用肉眼也能清楚看見。

「你還真輕鬆，矢瀨。那傢伙的存在明明對公社（你們）來說也屬於意料之外（Irregular）。」

站在矢瀨旁邊的南宮那月打著陽傘問道。

矢瀨抬頭看了人偶般嬌小的班導師，無奈地聳了聳肩。

「還好啦。正因如此，也有人認為這條情報特別值錢。」

「哼。自找苦吃。」

「畢竟那就是我們的立場。沒辦法。」

矢瀨自嘲般搔起頭。

身為曉古城好友的他背地裡被迫扛著第四真祖的監視者一職。對這樣的他來說，這次有關瑟蕾絲姐・夏緹的風波完全是飛來橫禍。

擁有神獸化能力的高階獸人；「戰王領域」的貴族迪米特列・瓦特拉；再加上「染血者」安潔莉卡和她的特種部隊（Zen Force）——

齊聚在此的怪物，憑人工島管理公社保有的戰力都應付不來。

因此當矢瀨發現瑟蕾絲妲的真實身分時，事態就已經超出他的掌控了。矢瀨看著古城苦惱的模樣，要說他對什麼也幫不了的自己毫無嫌惡感，那就是自欺欺人。

然而另一方面，這起事件確實也能成為貴重的「預行演習（Rehearsal）」。

「——所以，公社的人工智慧對那顆圓圓的玩意是怎麼分析的？」

「啊～那好像是為了讓薩薩拉瑪丘降臨才形成的保護力場，說起來就是『蛋』。可見邪神的『胚胎（Core）』恐怕就在那裡面。然後，公社上層目前正在準備用衛星雷射攻擊它。」

還剩九十分鐘多一點——矢瀨確認手錶顯示的時間。

搭載於人工衛星的對地雷射炮是人工島管理公社的隱藏王牌之一，但系統至今仍未完成。由於發電能力及軌道高度的關係，大約三小時才能對絃神島進行一次精密射擊。能不能趕在薩薩拉瑪丘化為實體前準備完畢就難說了。

而且，雷射炮能不能摧毀那顆「蛋」，又是另一個問題。

「阻止邪神化為實體的方法是——？」

「目前不清楚耶。雖然我們也有向其他『魔族特區』調閱情報，但畢竟都只有古老的紀錄嘛。只能把希望寄託在姬柊身上囉。」

「靠獅子王機關的七式突擊降魔機槍嗎——有欠熟慮。那相當於帶著一根棍子就想擋下洩洪的水壩。」

那月皺著眉頭說了。雪菜那把能讓魔力失效的長槍，要對付具神氣護體的敵人也會吃虧。假如薩薩拉瑪丘完全化為實體，她肯定就無能為力了。

「姬柊是相信只要自己爭取時間，古城就會設法解決邪神吧。實際上，我們也是託她的福才有餘裕進行應對。真是個意志堅定的女生。」

「那叫死心眼。」

「嗯，我不否認。誰教我的青梅竹馬也一樣。」

矢瀨說著淺淺笑了。那月淡然地嘆道：

「那傢伙要是完全實體化，對絃神島會造成多大影響？」

「只有『蛋』的話，影響是大不到哪裡去啦。」

雖然氣象方面的變化會有點棘手——矢瀨僅在內心透露。

「假設它照現在的步調持續膨脹，根據試算也要再花九十六小時以上才會對人工島(Giga Float)的機能造成影響。只要使用咒術迷彩，我猜大多數市民連它的存在都不會發現。」

「——假如所謂的邪神降臨了呢？」

那月眉頭一動也不動地又問了。

「無從試算耶。」

矢瀨老實回答。那月首次變了表情。

「代表規模太過浩大，靠公社的人工智慧也無法估測？」

「不對。意思是連估計都不用了。據說照目前這樣，薩薩拉瑪丘在完全化為實體以前就會耗盡靈力而自我毀滅。」

哦——那月感慨似的咕噥。

「所以轉學生未經熟慮的努力並不算徒勞囉？」

「是啊。唉，因為祂從原本該在的神殿被切割出來，召喚時又沒有像樣的祭品或儀式嘛。要是能發揮本來的力量才叫奇怪。」

「原來如此。可是，我不滿意。瓦特拉那傢伙……從一開始就料到了這種結果？若是如此，他是為了什麼……」

不悅地喃喃自語的那月眼神忽然變得嚴肅。

矢瀨也立刻察覺狀況有異。

浮在空中的球體從內側吐出綠色觸手，纏住了特區警備隊派去包圍棧橋的裝甲車。觸手輕易舉起十四噸重的裝甲車，直接將它拉進球體裡面。

「它居然……把特區警備隊吞了！」

矢瀨觸電般屈膝起身。那月生厭地歪了嘴。

「原來如此……邪神來這一手啊。」

「那月美眉……剛才那是……？」

「那顆球體打算與絃神島融合。」

「融合……？」

矢瀨對那月的話感到困惑。薩薩拉瑪丘的真面目是龍脈孕育出來的能量集合體，祂只是透過建造於夏緹神殿的巨大魔法裝置才會獲得實體。

和絃神島融合應該不包含在邪神原本的機能。可是——

「祂想將絃神島的居民全當成祭品，好彌補不足的魔力。那樣的話，確實有可能承受住實體化。只不過，到時現世的將不會是原本的『玄冥神王』，而是純粹的怪物——貨真價實的邪神。」

「妳說的祭品……該不會……」

「沒錯，這座絃神島上的一切——恐怕都會被祂吞下。」

那月平靜地表示。她的話讓矢瀨倒抽一口氣。南宮那月不是會在這種時候說笑的人，既然她提到了「會被吞下」，絃神島的一切就真的會被吞噬殆盡。

「……應對得真快。連公社也急了嗎？」

機場的跑道角落有成群的無人直升機起飛。那是特區警備隊的武裝直升機。當然，它們攻擊的目標應該就是薩薩拉瑪丘的「蛋」。可是靠特區警備隊所有對付魔族的裝備，能不能打倒邪神仍屬未知數。

「那月美眉……？」

矢瀨仰望著班導師開口。

原本紋風不動站著的那月忽然晃著陽傘邁出腳步。

那月凝望的是開始遭球體侵蝕的港灣地區。在特區警備隊重創的裝甲車上有高䠷女子的身影——穿著附皮草的大衣，率領了一群高大男子的美女。

「擊退怪獸不是我的興趣。我要做我自己的工作——」

那月說完就消失蹤影了。她之前站的地方只剩幽幽漣漪。

矢瀨緩緩起身，並朝長褲的口袋伸出手。他掏出了一隻款式陌生的智慧型手機。

「好啦……事情麻煩囉。摩怪……淺蔥的情況怎樣？」

矢瀨朝依然鎖定著的液晶螢幕呼叫。連通訊程式都沒開，可是回應卻馬上傳來了。是怪有人味的合成語音。

『很遺憾，小姐正在氣頭上。她可火了，畢竟莫名就被關到『C』裡面，也難怪啦。』

螢幕上浮現的醜醜吉祥物格格地笑。

「傷腦筋……把蛋糕統統買去討好女帝大人好了。」

矢瀨憂鬱地嘀咕，然後單方面結束通話。

他來回看了手機螢幕顯示的日期以及浮在半空的球體，隨即厭惡地咂嘴。

「拜託你了，古城。現在還太早啊……」

矢瀨的低語沒有傳進任何人耳裡。

肆虐的風正在變強——

第五章　女王的擁抱

Embrace Of The Queen

1

她幾乎沒有關於父母的回憶。

自己應該不是沒被疼愛過——她想。在近似零碎影像的片段記憶裡，還留著像午後淺寐的一絲溫暖。

然而，那段幸福的期間並沒有持續太久。

因為她那無法控制的強大靈力足以讓父母恐懼。

她被疏遠、被鄙棄、被虐待，然後被迫和父母離散。

等到她懂事時，已是孤獨一人。

最後，收養她的是具備高度團結力及權勢的大規模咒術團體。

將狼視為聖獸，信奉異國女神的一班人。

對尋求咒術媒介、聖獸祭品的該團體而言，應該會覺得她那股強大靈力是天賜的恩惠。

他們立刻開始著手準備讓女神降臨的儀式——

但他們的悲願沒有實現。

因為政府察覺到大規模魔導恐怖攻擊的徵兆，對該團體採取了瓦解措施。

被派去的是僅僅一名對付魔族的專家——

號稱於獅子王機關任劍巫之職的少女。

「這裡是——？」

雪菜站的地方是四周被叢林包圍的廣闊遺跡入口。

眾多石柱建造成列，中間則開了一條石板路。

有一座半毀的石砌神殿蓋在遺跡中央。

落成後大概已經過了千年以上的時間，神殿的外表產生風化，生苔的石柱上蔓草密布。

灑落下來的陽光比絃神島更烈。

「神殿？難道是城邦夏緹……」

雪菜疑惑地咕噥。她本來想利用瑟蕾絲妲召喚的異界之門，進入薩薩拉瑪丘的「蛋」內部。然而，雪菜抵達的卻是這座遺跡。理應已被「蛋」吸納的瑟蕾絲妲不見人影。

「不，這應該是透過魔法重現的……虛擬現實（Imitation）。」

雪菜用銀槍接觸其中一道石柱。僅有那麼一瞬，石柱像蜃景般搖曳然後消失了。憑「雪霞狼」的能力也無法徹底令其失效，大概是構成石柱的魔力持續不停地補充所致。

天空呈黃昏般的火焰色澤，這表示這個地方在薩薩拉瑪丘神氣的影響範圍內。看不見遺跡外面的景色，也沒有鳥獸的蹤影。

這座遺跡恐怕是邪神創造出來的沙盒世界。遺跡本身即為結界。

為何薩薩拉瑪丘不直接化為實體，反而要創造這座巨大的結界？

考慮到邪神的真面目，答案便不言自明。

薩薩拉瑪丘不過是為了控制龍脈能量，才透過魔法裝置創造出來的人工之神。祂要完全化為實體，絕不能缺少做為魔法裝置的夏緹神殿。

可是，薩薩拉瑪丘是在距離神殿遙遠的紘神島被召喚出來。

所以祂非得再造出神殿本身才行。邪神打算自力構築用來召喚自己的魔法裝置。

「這樣的話，應該還來得及……！」

遺跡的模樣還不完整。要無中生有創造這麼大規模的質量，即使憑邪神之力也辦不到。既然如此，邪神八成就會靠與紘神島融合來補足缺乏的質量。不過，那應該需要相當時間。

還有救出瑟蕾絲妲的機會。

「瑟蕾絲妲小姐——」

雪菜能在薩薩拉瑪丘的「蛋」裡頭保有自我的時間恐怕不久。現在「雪霞狼」還能保護雪菜，但邪神實體化的階段若更進一步，就不知道能撐多久了。必須在那之前將瑟蕾絲姐帶回去。

彷彿要阻礙雪菜的決心，密布於遺跡的蔓草開始蠢動。邪神的意志打算將雪菜當成混入結界裡的異物排除。

即使如此，她不能停步。

「——喝啊啊啊啊啊！」

雪菜掃開來襲的大群蔓草，衝向蓋在遺跡中央的神殿。

2

雖然時間只有短短一陣，但古城似乎曾失去意識。

「唔……啊……」

模樣有如泡在自己血泊中的古城搖搖晃晃地撐起身體。

這裡是「深洋之墓二號」的中層甲板。雪菜出腳將古城踹飛，才讓差點被薩薩拉瑪丘的「蛋」吸入的他逃過一劫。

瑟蕾絲妲召喚的詭異球體已經不在「深洋之墓二號」上空，而是移動到海港的正上方，直徑將近是一開始出現時的十倍。

它伸出無數蔓草般的觸手侵蝕絃神島，目前仍貪婪地持續成長著。「深洋之墓二號」的扶手也纏著一部分蔓草，古城無心間伸出手想將那扯斷。

「——別碰！」

尖銳得像是斥責的一道聲音制止了古城。

古城訝異地將視線轉往聲音傳來的方向。

「……咦！」

「別碰那些藤蔓。那玩意也是薩薩拉瑪丘神殿的一部分，隨便亂碰會讓魔力被吸走，對現在的你應該傷害不小。」

冷如刀的俊美吸血鬼口氣不耐煩地說了。

特畢亞斯．加坎操縱籠罩著火焰的猛禽，燒掉球體不停吐出的蔓草，那模樣看起來也像在保護受傷的古城。他操縱眷獸造成的消耗再再道出和邪神這一戰有多嚴酷。

「加坎……你……！」

「別誤解。我只是在保護瓦特拉大人的船，沒道理讓你這種窩囊廢感謝。礙事。」

加坎用劃清界線的口氣告訴古城。既然他本人如此強調，就當作是那樣吧——古城心想。畢竟「深洋之墓二號」靠著他的奮鬥才保持無恙也算是事實。

「這玩意怎麼搞的？情況變成什麼樣了……！」

古城瞪著持續成長的球體問了。

「這是用來讓薩薩拉瑪丘還什麼來著的降臨的結界。祂大概是打算在自己構築的異空間中再造實體化所需的魔法裝置。」

加坆意外坦率地回答。

「構築異空間……等等，祂辦得到那種事？」

「那大概表示邪神好歹也是神吧。」

加坆帶著諷刺的臉笑了。

古城想起南宮那月的監獄結界——構築於那月夢中的異界監獄。感覺那也是驚人的魔法產物，但這顆球體的規模又超乎那之上。再讓它成長下去，恐怕遲早會將絃神島徹底吞沒。

而且那可怕的球體只不過是用來讓邪神降臨的魔法裝置。

不過反過來說，那也代表邪神目前仍未降臨。

「意思是，趁現在或許還能將瑟蕾絲妲帶回來嗎——？」

「哼。有群人似乎抱著和你一樣的想法。」

加坆語氣不悅地告訴古城。

他狠狠盯著的方向，有特區警備隊遭到摧毀的裝甲車以及站在車上的男女四人組。是美利堅聯盟國特種部隊那些人。

「安潔莉卡．哈米達——！」

安潔莉卡等人用古怪魔具迎戰阻擋他們去路的蔓草，一路殺進邪神的結界。他們的目標肯定是瑟蕾絲妲。既然如此，雪菜大有可能再和他們碰上。要趕在那之前阻止安潔莉卡等人才行——古城心想。

可是打算起身的古城嘔了一團血，當場倒在地上。受到的創傷都累積於身體內部。不老不死的真祖肉體仍持續自我修復。然而，離能夠作戰的痊癒度尚遠。古城勉強可以保住意識，也是因為雪菜在最後把自己的血分給他的緣故。

加坎朝動彈不得的古城冷冷瞥了一眼，然後靜靜地踏出腳步。

「……加坎？你打算做什麼！」

「我要擊潰那些傢伙。你們的島會變怎樣與我無關，但總不能放過美利堅聯盟國那幾隻曾對奧爾迪亞魯公張牙舞爪的狗。」

加坎說完便縱身一躍。動身去追安潔莉卡．哈米達的他朝詭異球體的內部出發。古城無能為力地呻吟著目送他離去。

這樣的古城耳裡聽見了帶有演戲味道的做作笑聲。

「——傷腦筋，特畢亞斯真是不坦率。」

耳熟的嗓音讓古城驚訝地轉頭。

金髮碧眼的貴族青年就站在隨暴風搖擺的「深洋之墓二號」甲板上。理應已被徹底摧毀的肉體毫髮無損，純白的三件式西裝上連一滴血跡也沒有。

「瓦特拉！你……怎麼會……？」

古城仰望沒受傷的瓦特拉，愕然發出驚呼。

之前瓦特拉挨中了神獸的攻擊，肉體已被焚燒殆盡。他的傷遠比古城重，即使憑貴族吸血鬼的再生能力，也不可能輕易復活。

瓦特拉悄悄舉手，像是要回答古城的疑問。

「辛苦你了，吉拉。已經夠了。」

「是，大人——」

另一道說話的聲音是從甲板地上傳來的。

甲板還留著瓦特拉之前飛散的肉片。那些肉片忽然失去厚度，變成了如同影子的漆黑痕漬。痕漬互相接合成一道較大的身影後，不久就化為酷似瓦特拉的輪廓。

那影子忽然起身，還多了厚度及顏色。從中誕生的是和瓦特拉一個模子印出來的分身。

「你的『幻網影樓』實在很方便。」

瓦特拉的本尊看似感慨地微笑。

「不，冒犯大人了。」

瓦特拉的分身（Dummy）朝本尊行禮，其表面散發出淡淡光彩。光芒像鱗粉一樣飄散以後，從分身裡面冒出了長相中性秀氣的吸血鬼少年。吉拉．雷別戴夫．渥爾提茲拉瓦——和加坎一樣是「戰王領域」的貴族，瓦特拉的另一名心腹。

「你是什麼意思？瓦特拉……」

古城怒氣騰騰地瞪了利用部下「詐死」的瓦特拉。可是，瓦特拉毫不愧疚地搖搖頭。

「啊，抱歉讓你擔心了。我讓吉拉那匹能操縱鏡像和影子的眷獸稍微演了一點戲。這算是名副其實的『影武者』呢。」（註：日文的「影武者」意指替身）

「你從一開始……就知道那些神官當中有叛徒對吧！難道你是為了將瑟蕾絲妲逼到絕路才刻意裝成被殺？」

「是的話，你想怎麼樣？」

呵呵——瓦特拉看似愉快地瞇眼。

「什麼？」

「我一開始應該就告訴過你了。選項有兩個——殺了瑟蕾絲妲．夏緹，阻止薩薩拉瑪丘復活；或者在絃神島（這裡）等待邪神降臨。狀況沒有任何轉變，只是時間限制（Time Limit）變明顯了。」

「你——！」

在瓦特拉說完以前，古城就蹬地採取動作了。他使勁朝從容笑著的瓦特拉臉上掄拳。

瓦特拉沒有閃避那一拳。骨頭與骨頭碰撞的沉沉聲音響起。

「——很痛呢，古城。我倒不討厭你這樣。」

瓦特拉摸了摸挨揍的臉，依舊不改笑容。

「放心吧。可以預料的是，薩薩拉瑪丘就算在絃神島化為實體，也無法發揮本來的神威，趁現在就能輕易消滅祂。假如你沒有意願，我也可以代勞——」

「……住手。」

咬緊牙關的古城對語氣顯得興奮的瓦特拉說道。

「嗯？」

「我是叫你別出手！我會把瑟蕾絲姐和姬柊帶回來！在那之前你別想胡作非為！」

「呵呵……雖然我也料到是你的話八成就會這麼說，這下要怎麼辦呢？」

瓦特拉嘀咕的語氣就像在安撫不聽話的弟弟。

古城用染血的右手揪住了瓦特拉的胸口。

「別忘了，瑟蕾絲姐是你交給我照料的。你就給我閉嘴，乖乖看到最後吧。」

「呼嗯，原來如此……來這套啊。」

瓦特拉難得對古城的意見產生動搖。他是在某些部分格外講原則的男人。

「好吧。以我的立場，也會覺得對付狀況更完美的邪神才比較愉快。我可以等到薩薩拉瑪丘實體化完畢。這樣你也沒意見吧？畢竟狀況變成那樣時，瑟蕾絲妲還有姬柊雪菜應該都不在這個世上了。」

「正合我意……！」

古城接受了瓦特拉具挑釁意味的聲明。雖然聽了不愉快，但是瓦特拉的話句句屬實。要是不阻止邪神降臨，瑟蕾絲妲和雪菜以及眾多絃神島的居民都會喪命。等事態演變成那樣，一切就太遲了。

「啊，對了。假如你真的想救她們，最好快一點。薩薩拉瑪丘神殿正在從這座島上的居民及人工島本身吸收質量，時間過得越久就會讓損害變得越大喔。」

瓦特拉愉快地相告，彷彿在欣賞古城內心的焦急。

默默拖著受傷軀體的古城轉身背對瓦特拉他們。

3

「唔……」

古城下了瓦特拉的船，向持續膨脹的球體出發。

巨大的空隙穿破虛空。以邪神之力創造的「另一個世界」吞噬了現實世界，加快其增長速度。

雪菜和瑟蕾絲妲應該就在球體內。可是和她們會合以前，古城還有一件事要做。

抑止邪神的「蛋」和紘神島繼續融合——

薩薩拉瑪丘似乎需要結界內再造的魔法裝置才能降臨。那顆球體打算與紘神島融合，以獲取構築裝置所需的魔力及質量。

既然如此，將紘神島和球體切離應該就能延緩邪神的降臨。藉著降低紘神島的損害，也能爭取到拯救瑟蕾絲妲的時間。

「——迅即到來，『水精之白鋼（Sadalmelik Albus）』！」

古城灌注剩餘體力召喚出眷獸。

破海而出的是軀體剔透如水流的水妖。

上半身為美麗女性，下半身則為巨蛇，流洩的髮絲亦為無數條蛇。

水妖巨大的蛇身化為激流撲向球體，長有銳利鉤爪的玉手將侵蝕人工島的無數蔓草扯斷。之所以沒有攻擊「蛋」本身，是因為古城將雪菜等人在裡頭的安全視為優先。

第四真祖的第十一號眷獸是象徵吸血鬼超凡痊癒力的水精靈(Undine)。它能修復接觸的物體，宛如將時光倒流。高水準機械分解成原子，生物則回歸誕生前的面貌。

原本侵蝕紘神島的蔓草被水妖一舉消滅，變回人工島原本該有的構材。照這樣反覆發動攻擊，不只能拯救紘神島，應該也能削減邪神的魔力。可是——

像是從背後被拖住的水妖忽然停下動作。

「什麼！」

好似全身血液外流的痛楚讓古城突然跪下。

水妖停止動作，原因在於球體新吐出的蔓草狀觸手。那些觸手像蛇一樣纏住古城的眷獸，封鎖其行動。儘管水妖能用鉤爪切斷觸手，球體吐出的觸手數量卻更多。非也，是眷獸的攻擊力下降了——

「唔……『龍蛇之水銀(Al Meissa Mercury)』！」

古城召喚出另一匹眷獸——長了水銀色鱗片的雙頭龍。兩道巨顎啃光了伸來的觸手，讓遭囚的水妖獲得解脫。

但是古城的反擊只能到此為止。

「那傢伙……居然吞了我的魔力……！」

古城無力地用雙手撐著地，並且不停喘氣。

僅剩的一點體力遭到徹底吸收，消耗甚鉅。古城判斷自己無法再繼續掌控眷獸，就解除了對它們的召喚。

邪神的「蛋」不只會侵蝕紘神島，古城的眷獸在被那些蔓草纏住的瞬間，也被奪走了分量莫大的魔力。古城明白加坎困頓的原因了。在加坎保護「深洋之墓二號」的期間，他的眷獸被吞噬了相當大量的魔力。

隨便讓眷獸和那顆球體衝突很危險。縱使是第四真祖的眷獸，戰鬥拖長也會變得不利，必須一擊就把球體切離紘神島，直接將它消滅。非得要那種攻擊才會管用。

那並非不可能，但現在的古城無法辦到。他的體力消耗得太嚴重了，強大過頭的眷獸對古城來說也是雙面刃。因為一有差錯，難保不會讓紘神島本身被消滅。

該怎麼辦才好——古城陷入迷惑。這股困惑讓他輕易地露出破綻。

「糟糕——！」

蔓草狀的觸手像鞭子一樣對準古城抽過來，來自頭上及左右兩旁同時攻擊，怎麼做都無法徹底閃避。基本上，古城連閃躲的體力都沒有。

「唔！」

「護衛模式。執行吧，『薔薇的指尖』。」

足以包裹古城全身的巨大手臂拯救了愣在原地的他。人工生命體少女召喚出人型眷獸，

將來自球體的攻擊彈開了。

「亞絲塔露蒂！」

古城茫然呼喚對方的名字。亞絲塔露蒂的眷獸「薔薇的指尖」能力是反射一切魔力。連古城的眷獸都能侵蝕的綠色觸手，也貫穿不了她的防禦。

「大哥！太好了……你沒事吧？」

夏音在亞絲塔露蒂保護下趕了過來。

「叶瀨也來了？妳們怎麼會出現在這裡——！」

「對不起。我們還是擔心瑟蕾絲妲小姐就過來看你了。」

夏音一臉無奈地坦承自己違背了古城的吩咐。

她發現古城站不起來，就毫不猶豫地出借自己的肩膀，連衣服被古城的血弄髒也沒有表露出半點嫌棄。夏音用力氣綿薄的身體拚命攙著古城，直接將他拖向感覺安全的地方。

「不會……妳們幫了大忙。謝啦。」

古城虛弱地這麼一說，夏音便默默地搖頭，然後害羞似的垂下臉龐。

雖然球體仍持續發動攻勢，但亞絲塔露蒂的眷獸無驚無險地化解了。

結果，夏音選的避難處是「深洋之墓二號」裡頭。儘管船和球體近在咫尺，還是避開了邪神進行侵蝕的方向，應該比胡亂逃進建築物中更安全。

或許是瓦特拉下了避難命令，船裡看不見乘員，而且也沒有他本人下來的動靜。不用被瓦特拉看見自己的慘狀，讓古城稍微安了心。

「雪菜和瑟蕾絲妲小姐在哪裡呢？」

夏音讓古城躺在船裡的通道上，一臉擔心地問。

「她們在那玩意裡面。我現在就去帶她們回來——」

古城瞪著窗外可見的球體回答。

夏音驚訝地睜大碧藍的眼睛，然後連忙壓住古城的身體。

「照大哥現在這樣是辦不到的。」

古城回望猛搖頭的夏音，並且咬緊嘴唇。

被轟掉的心臟已經再生完畢，可是恢復的終究只有器官功能，古城的胸膛中央還留著鮮血淋漓的傷痕，差點被扯斷的左臂才剛痊癒到可以動的程度。除此之外，要是連全身的傷都算進去根本數不完。古城現在連推開夏音的力氣都沒有，她會擔心也是當然。

「不要緊。這點傷立刻會好——」

即使如此，古城仍硬是站了起來。然而走不了幾步，他就頭暈得搖搖晃晃了。古城驚險地保住差點遠離的意識。現在的他無法作戰。雖然不甘心，但他不得不承認這一點。

「我提議。」

亞絲塔露蒂解除了召喚的眷獸，然後低頭看著倒地的古城說道。

古城一臉納悶地回望她。亞絲塔露蒂具備高度醫療知識，但是對魔法的造詣絕對不算深。這樣的她會主動提出意見，讓古城有些意外。

「怎樣？很抱歉，沒有逃跑的選項喔。」

「了解。戰略性撤退遭到駁回。那麼我有第二項提議。」

亞絲塔露蒂乾脆地接受了古城面帶苦色說的話。

然後她打開附近船艙的門，再揪著受傷的古城脖子粗魯地把人塞進去。接著夏音也被她拖進房間。

「好痛……！亞絲塔露蒂？妳到底想做什麼……！」

古城朝船艙內看了一圈嘀咕。裡面有未使用的被套及床單，堆得高高一疊。這裡是所謂的寢具室。

雖然房裡微微飄著洗潔精的餘香，不過除此以外倒沒有什麼。

不明白亞絲塔露蒂用意為何的古城感到疑惑。然後，人工生命體少女就朝著同樣困惑的夏音淡淡說道：

「請脫掉衣服，叶瀨夏音。」

「……咦？」

「脫衣服(Remove)。」

亞絲塔露蒂繞到呆站著的夏音背後，把手伸到她的衣服領口。

夏音今天穿著疑似由那月替她挑選的鑲有荷葉邊的樸素洋裝，略顯古風的款式和她聖女般的氣質十分相襯。

那套洋裝背後的拉鍊忽然被亞絲塔露蒂全部拉開了，而且她還抓緊裙襬，二話不說地往下拉。

夏音缺乏起伏的身材沒有部位能讓衣服卡著不掉下來。

「咦……請、請問……？」

依然不明白發生什麼事的她只穿著內衣杵在原地。

古城目瞪口呆地被她那副模樣吸引住眼光。

正因夏音平時形象亂清純的，只穿內衣的模樣格外有衝擊性。

不像日本人的白淨肌膚；苗條得缺乏真實感的體形；內衣是上下成套的薰衣草色，薄薄的蕾絲鑲邊更加襯托出夏音的嬌憐。

或許是膚色素淡的關係，她含蓄的胸脯微微浮現藍色血管，醞釀出一股不可思議的真實感及美豔。

「慢……慢著！喂，亞絲塔露蒂！妳想讓叶瀨做什麼！」

愣住半晌的古城終於回神大叫。

於是夏音似乎也想起了羞恥心，遮住自己的胸口。很理所當然的舉動重新對古城強調了她是個普通女生的事實。

「我的答覆是——捐血行為。」

亞絲塔露蒂不改表情，平淡地回答古城。

夏音聽到她的話，不知為何釋懷地拍了手。

「啊，是這樣啊……我懂了。」

夏音看著僵住的古城用力點頭。然後不知道她是怎麼想的，又將手伸到自己背後，驀地解開胸罩的釦環。

夏音用雙手按著差點掉下來的胸罩，並且蹲到依然倒在地上的古城面前。

她那端正標緻的臉朝古城望了過來，彼此距離近得令人難以置信。

然而，夏音似乎不知所措地就這樣停住了。她本人好像也不太明白接下來該做什麼。

「那……那個……我一個人實在……請、請亞絲塔露蒂也脫掉衣服。」

夏音表情嬌弱無比地向人工生命體少女求助。

「命令領受——」

亞絲塔露蒂面無表情地點頭，然後開始脫去自己穿著的女僕裝。

比夏音更嬌小的年幼身軀露了出來，讓古城看得猛咳。

「欸……妳、妳們……為什麼……！」

基本上亞絲塔露蒂身為人工生命體，體液並不能幫助古城恢復。亞絲塔露蒂自己也明白這一點才是。

可是，要提到古城會不會對她產生性方面的亢奮，那又是另一回事。

吸血衝動的導火線並非食慾，而是性慾。在密室裡被兩個半裸少女包圍的異常狀況，讓古城的本能受到一股靠理性違抗不了的強烈情緒打動。

「捕捉。」

亞絲塔露蒂繞到挪身後退的古城背後，擋住了去路。

古城被她用赤裸的胸部抵在身後，變得動彈不得。

「喂……亞、亞絲塔露蒂……？」

「我……我無才無德，請大哥包涵。」

夏音則是面對面地觸摸古城。從窗口射進來的些許光芒照亮了她那襲美麗的銀髮，髮絲的撲鼻芬芳和肌膚的微微溫度刺激著古城的五感。

「等等，叶瀨。這樣不對……妳被她騙了！呃，雖然這的確是捐血行為……！」

「不，我不要緊。我明白，這是大哥和雪菜一直都在做的事。」

夏音聽了古城勉強保持理性擠出來的忠告，卻輕輕地搖頭。

「我們才沒有一直這樣啦！那都是出於許多因素，不得已才會——」

「可是，雪菜和大哥就是這樣才救了我。」

「咦……？」

夏音那雙貼近凝望著古城的碧眼浮現出無可動搖的決心光彩。

她用雙臂溫柔地摟住古城，有如滿懷慈愛的聖女。

「所以這次換我了。」

「叶瀨……」

在夏音的擁抱下，古城悄悄吸氣。

他渴得厲害，露出的獠牙蠢蠢欲動。

古城過去曾與變成模造天使的夏音交手，因此他比誰都了解夏音的溫柔。對這樣的夏音產生吸血衝動，甚至讓古城有了罪惡感。

不過，既然夏音明白那些還是肯讓他吸血……

既然這樣能拯救他們所重視的人……

或許現在沉溺於那項罪過之中也不錯——

「不要緊。因為我對瑟蕾絲妲小姐說過的，並不是謊話。」

夏音露出纖細的頸根，然後在古城耳邊細語。

古城的獠牙扎入了她那白皙的頸根。

彷彿忍著痛楚的小小吐息從夏音的唇間冒出。

夏音摟著古城的雙手用了力，她的氣息就吹在古城耳邊。

「我一直都很喜歡雪菜，還有大哥……」

4

遺跡比想像中更加廣闊。

而且越靠近神殿，邪神的影響力也越強。

不只是遍布遺跡的蔓草，連空氣、重力還有世界所包含的一切都成了敵人，想擋住入侵者的去路。因為這個空間本身就是為了孕育邪神才創造的結界，有那樣的防衛機制也是理所當然。

即使如此，雪菜仍不打算停下腳步。

「狻猊之神子暨高神劍巫於此祀求——！」

雪菜舉起銀槍，放出耀眼的神格振動波光芒。

那股光輝形成強大的防護結界，阻隔了遺跡對雪菜的攻擊。

對雪菜而言，幸運的是薩薩拉瑪丘靠龍脈能量孕育出的神氣，屬性和「雪霞狼」的神格振動波極為相近。

雪菜無法讓對方的力量失效，相對的也不會被遺跡視為敵人。她可以在遺跡內到處行動，好比適應環境後的病毒。

「雪霞的神狼，化千劍奔揚之鳴為護盾，速速辟除凶災惡禍！」

雪菜持槍一掃，將堵住神殿入口的門斬穿。

身上環繞著神格振動波的她踏入神殿。

神殿內是一片異樣的光景。

感覺分不出上下的詭異大堂。

雪菜當成地板站的地方是牆壁；以為是天花板的方位卻鋪著地板；以為是樓梯的地方其實只是另一道樓梯的內側；開在地板上的坑洞底部有整塊美麗的藍天；位於天花板的窗戶外頭則看得見海底景色。

光是盯著似乎就會讓人喪失理智的瘋狂空間。

而且在那個空間中央擺著一座黃金祭壇。

祭壇上有留著蜂蜜色頭髮的少女身影。她以上下顛倒的模樣飄浮在祭壇上。

「瑟蕾絲妲……小姐？」

雪菜朝祭壇的方向跑去。

可是在那個瞬間，雪菜失去了分辨上下的能力，跌倒在地上。

重力運作的方式顯然不對勁。不過，那甚至不算遺跡的防衛機制。這裡是神的廳堂，唯有薩薩拉瑪丘的「新娘」被允許進入。

「求求妳！請回答我，瑟蕾絲妲小姐……！」

雪菜明白這一點，卻還是朝祭壇邁出腳步。

或許是雪菜的聲音傳過去了，瑟蕾絲妲緩緩睜開眼睛。雪菜看了她的反應可以確定她還活著，她的精神仍屬於人類。

「土氣……女……」

瑟蕾絲妲緩緩地在祭壇上翻身並回話。

她的語氣有絕望及認命的色彩。從她所處的狀況來想，那是十分理所當然的情緒。接著，瑟蕾絲妲告訴雪菜：

「妳在……做什麼啊？快點逃……看吧，我已經……」

雪菜立刻回答。用銀槍代替拐杖的她抬頭直直望著瑟蕾絲妲笑了。

「不，我不能走。我要帶著妳回去。」

雪菜毫不猶豫回答的這段話，讓瑟蕾絲妲倒抽一口氣。

「我變成什麼樣子，和你們都沒有關係吧！妳快去和古城獨處親熱啦！」

「不用妳說我也會！」

雪菜激動得吼了回去。瑟蕾絲妲一瞬間被雪菜嚇住，然後又說：

「……妳、妳直接攤牌啦……這麼土還敢嗆我！」

「不過在那之前，我一定要把妳帶離這裡才可以！」

雪菜說著又爬上階梯。

瑟蕾絲妲無法理解地搖搖頭。雪菜和她並不是什麼認識已久的老朋友，對雪菜等人來說，她的存在應該反而只會帶來麻煩。

可是，為什麼雪菜肯冒著危險來救她？

「……為……什麼？」

瑟蕾絲妲忍不住嘀咕。假如雪菜的目的是防止邪神降臨，就應該趁現在殺了瑟蕾絲妲。那樣的話，就算雪菜不勉強抵達祭壇應該也能辦到。

可是，雪菜難為情似的軟弱地笑著搖了搖頭。

「因為不這樣做，我就得不到救贖。」

「咦……？」

「我和妳一樣。我原本應該會被殺，好用來當成召喚神的祭品。那是在我過七歲生日前……沒有人知道這件事……曉學長也是。」

雪菜將手湊到自己的胸口，彷彿對獨自把可怕的祕密一直藏在心裡有罪惡感。

「不過，在我被殺以前，有個女性將我帶了出來。」

雪菜被扭曲的重力絆住，再次跌倒。階梯並沒有多高，但是因為無法保護身體的關係，她直接承受了跌倒的衝擊，痛楚直達身體內部。

霎時間，雪菜想起小時候頭一次見到的「劍巫」模樣。

當時對方看起來很成熟，可是現在一想，她應該和現在的雪菜一樣，年紀差不了多少。即使如此，她仍隻身救出了雪菜。

「那位女性對我說了跟曉學長說的一樣的話。我問她為什麼要救我，她回答我：『那需要理由嗎？』」

雪菜爬上扭曲的階梯，來到祭壇的正下方。

古城說要拯救瑟蕾絲姐的時候，雪菜覺得很高興。他毫不迷惘地表示要救一個會成為邪神祭品的不祥女孩。對雪菜而言，古城那句話就好比是對她說的。

「我是託她的福才能成為劍巫，並且認識學長還有妳。所以——」

我有理由救妳——就要這麼說出口的雪菜在接觸祭壇的瞬間被震飛了。蔓草狀觸手穿破神殿的牆壁伸過來，將雪菜的身體壓垮。

「土氣女——！」

瑟蕾絲妲發出尖叫。眩目光芒當著這樣的她面前，像刀刃一樣伸出。

光芒來自雪菜的長槍。

手持銀槍的雪菜一邊斬斷觸手一邊起身。

然而，那是一場絕望的戰鬥。雪菜受了傷，經過消耗，所剩靈力有限。相對的，邪神的結界卻擁有取之不盡的神氣。用不著交手就能看見結果，這樣下去雪菜肯定會死。

「不要再鬥了！妳一個人不可能贏過神！連這種事都不懂嗎——！」

「我懂。」

雪菜對高聲喊叫的瑟蕾絲妲露出微笑。那是她從一開始就再明白不過的事。

要阻止邪神實體化，雪菜並沒有足夠的力量。可是為了除掉抵達祭壇的雪菜，「蛋」非得自己摧毀好不容易建構出來的魔力路徑。

只要雪菜繼續奮戰，「蛋」就會一直消耗神氣。

這樣邪神實體化的速度也會跟著減緩，能藉此多爭取一秒鐘也好。

要爭取時間讓「他」恢復——

「我知道靠自己一個人贏不了。不過，因為我始終在監視才會明白，想救妳的人不只我一個，那個吸血鬼肯定會來——」

「雪……菜……」

瑟蕾絲妲的嘴唇微微顫抖。她那雙理應失去光彩的眼睛又重拾了意志之光。

倒栽蔥飄著的瑟蕾絲妲微微動了手臂。

她朝前方伸出手，伸到束縛她的祭壇外面——

接著，在瑟蕾絲妲的手指觸及祭壇外部的瞬間，整座神殿彷彿從基底受到了撼動。折磨著雪菜的扭曲重力就此消失，神殿回歸原本應有的姿態。

地板變回普通地板，牆壁變回普通牆壁。

受重力牽引的瑟蕾絲妲摔了下來，栽在祭壇外面。

「好痛……」

「瑟蕾絲妲小姐！」

朝雪菜撲來的觸手被消滅了。雪菜斬斷最後一道觸手，趕到倒地的瑟蕾絲妲身邊。雖然瑟蕾絲妲衰弱得沒辦法自力起身，但是仍然平安。

神殿又大幅搖晃。

雪菜發現產生震動的是結界本身。

失去做為結界中樞的祭品，用來讓邪神實體化的魔法裝置發生了機能不全的狀況。之前勉強控制住的莫大神氣開始失序作亂了。

這樣下去邪神會無法化為實體，直接讓蓄積的能量釋放出來，結果將導致神氣爆發。想必至少會對半徑數十公里內造成慘重損害。絃神島肯定要滅亡。

於是——

「瑟蕾絲妲小姐……？」

雪菜察覺瑟蕾絲妲打算再度爬上祭壇，頓時倒抽一口氣。

剛從結界中心獲得解脫的瑟蕾絲妲主動想回去那裡。瑟蕾絲妲回頭看了立刻打算制止她的雪菜，揚起嘴角表示「不用擔心」。

「不要緊……土氣女，我會設法處理給妳看……」

雪菜保持準備對她伸出手的姿勢，苦惱地停下動作。

召喚出邪神之「蛋」的是瑟蕾絲妲。薩薩拉瑪丘和她的絕望產生同步(Synchro)，才開始化為實體。反過來說，能阻止薩薩拉瑪丘實體化的，也只有身為「新娘」的她而已。

當然，並無法保證一切都能順利。瑟蕾絲妲應該也沒有自信。

但既然還有一絲可能性，現在就試著相信她吧——雪菜如此祈願。可是——

雪菜的祈求彷彿遭到踐踏，黃金祭壇當著她的面「鏗」地碎散了。

「——什麼！」

祭壇及通往那裡的階梯一併裂開。

石砌的神殿地板好似被看不見的斧頭重劈，冒出巨大龜裂。

雪菜受到龜裂阻隔，和瑟蕾絲妲之間的距離又被拉開。

劈開神殿地板並擊碎祭壇的，是具備壓倒性破壞力的不可視猛劈。

雪菜認得那種靠戰術魔具催發的攻擊。

「先誇妳這民眾一句『幹得漂亮』好了。多虧妳，我們才能進來獻祭之堂。」

冷酷得宛如無感情機械的說話聲傳來。

穿著附皮草大衣的高眺女子站在神殿入口。

她將左臂舉在頭上，用這樣的姿勢冷冷瞪著雪菜她們。

美利堅聯盟國特種部隊少校——

安潔莉卡·哈米達悄悄地踏出腳步。

5

巨大游船內的安靜船艙——

古城在幽暗狹窄的寢具室裡一直動彈不得。

在他背後是幾乎全裸的人工生命體少女——

至於正面，則有銀髮碧眼的學妹用不檢點的模樣貼著古城。

古城被夾在兩個人中間，半根指頭也動不了。因為要是讓她們隨便動個身，很有可能就會看見不該看的部位。

「哎……你們幾個打算維持這樣到什麼時候？」

此時，從古城他們身邊傳來了別人的聲音。

聲音的主人站在寢具室地上，約三十公分高。

尺寸宛如妖精的液態金屬生命體，自稱「古代大鍊金術師」的妮娜・亞迪拉德。

「妳是……妮娜！原、原來妳一直在看嗎？」

「嗯。妾身從頭到尾都看在眼裡。」

古城注意到咳嗽清了清嗓子的妮娜，嚇得連聲音都叫不出來。

妮娜帶著明事理的長者風範，嚴肅地點頭說：

「哎，安心吧。別看妾身這樣，口風可是很緊的，畢竟是金屬生命體嘛。只要你願意負男人該負的責任，妾身身為夏音的監護者就不會作梗。」

「妳、妳說的責任是……」

對這個詞沒理由地感到焦慮的古城驚呼。

癱在古城臂彎裡的夏音這時候才總算抬起頭。

夏音和古城近距離目光交會，臉頰微微泛上紅潮。她的表情顯示出自己事到如今想起剛才做的事，根本不知道該擺什麼臉才好。

「那個……怎麼說呢，對不起，叶瀨。」

古城動作生硬地對她低頭賠罪。夏音則規規矩矩地挺直背脊回答：

「是……是我招待不周，讓大哥見笑了……」

「呃，完全沒有那種事啦。謝謝妳，我得救了。」

古城一面將視線從夏音赤裸的身軀別開，一面吐露老實的感想。

夏音望著他的身體，看似訝異地眨了眨眼。

「大哥，你的傷……」

「嗯。都是靠妳才好的。」

古城微笑著起身。既不會頭昏也不痛，全身重拾失去的魔力，有股異常高漲的亢奮感。

繼承了阿爾迪基亞王室血脈的夏音是強得可怕的靈媒。她那純度極高的靈氣對沉睡於古城體內的眷獸們來說，屬於頂級供品。

「——雪菜和瑟蕾絲妲小姐她們，就拜託大哥了。」

夏音將被脫掉的衣服捧在胸前說了。

我明白——古城看著她的眼睛點頭回答。

古城打開船艙的門來到外頭。

眼前可見宛如雞蛋長了色斑的巨大球體，無數蔓草像瀑布一樣自球體盈洩，交纏於絃神島的人工大地，不停侵蝕建材。

球體的直徑已經超過一百公尺。

可是，理應持續膨脹的球體模樣顯得不太對勁。

在球體中打轉的濃密神氣亂竄，和正常空間的界面正痛苦似的震動。邪神的結界內部發生了某種異變。對召喚邪神的魔法而言，這是屬於意料外的致命性異變。

對古城等人來說，那卻是值得歡迎的好兆頭。

認為機不可失的古城將右臂朝頭上抬起。

就趁現在一口氣將輸予「蛋」的魔力斷絕——

「——迅即到來，第七眷獸『夜摩之黑劍(Kiffa Ater)』！」

古城釋出的瘴氣令空間扭曲，並在虛空中催生出劍的形影。

刃長超過百公尺的荒謬大劍——活武器(Intelligent Weapon)。

精確來說，那形狀是被稱為三鈷劍的古代兵械，據說曾為眾神所用的降魔利劍。

不求爆發性威力，要的是精準度。

絃神島碼頭和長著斑痕的球體。古城對準兩者間的界線，誘導大劍加速。

超越音速的墜落速度催發出巨大衝擊波，壓縮後的大氣令劍身環繞著熾熱火焰。

專精於唯一目的「破壞」的眷獸威力絕大。

化為巨幅閃光的大劍掠過了斑痕球體邊緣，然後墜向大海。為了避免對絃神島造成影響，在劍身墜入海面前，古城就將眷獸解除召喚。即使如此，墜落的餘波仍捲起驚人狂風。

諷刺的是，球體吐出的眾多觸手恰好成了擋下衝擊的緩衝體（Cushion）。與人工島融合的觸手都被一舉切斷，巨大球體嚴重搖晃。

透過侵蝕供給的質量被切斷以後，即使從旁人眼中也能清楚看出「蛋」在動搖。

被古城以眷獸斬斷的界面出現裂痕，球體的直徑本身感覺也稍微縮小了。正常空間的復原能力已經開始凌駕於邪神結界的侵蝕力。

球體內部的神氣變得更加紊亂，異變進一步加劇。

球體伸出了新的蔓草狀觸手，嘗試再次侵蝕絃神島。然而它伸出的觸手已不如之前強猛。接著——

「我們上，夏音——！」

「是，院長大人！」

妮娜讓穿好衣服的夏音捧在手上，並且釋放出劇烈閃光。

重金屬粒子光束炮。

面對粒子炮的純粹物理性攻擊，觸手的魔力吸收能力也無法生效。綠色觸手接連挨中熾熱的閃光利刃，燒得片草不留。

球體將新觸手像長鞭一樣對準發出攻擊的夏音等人抽來。

擊落那些的則是亞絲塔露蒂操控的眷獸。覆有神格振動波的眷獸手臂擋掉綠色觸手，之後再由妮娜用光束將觸手燒光。

「古城，現實世界這一邊就交給妾身等人。」

妮娜得意地微笑著說。

亞絲塔露蒂以絕對防禦力為豪的眷獸，搭配妮娜離譜的攻擊力，再加上夏音幾乎用之不竭的靈力。她們的力量對上邪神的「蛋」，有壓倒性優勢。

認同這一點的古城也用力點頭。

「亞絲塔露蒂，拜託妳了！」

「命令領受——」

亞絲塔露蒂的眷獸用巨手抓起古城的身軀，然後直接像擲鉛球的選手一樣，將古城高高舉到肩膀上。

「執行吧，『薔薇的指尖』。」

亞絲塔露蒂以驚人的加速度奮然將古城擲射出去，目標當然就是飄浮在半空中的巨大斑痕球體。

「喔喔喔喔喔──！」

臉色發白的古城咬緊牙關，忍住強猛的加速度。

於是他衝進了邪神的結界。

有濃密神氣四處肆虐的世界，眼下可見巨大的遺跡。被蔓草裹覆的石柱縫隙裡有活生生的魔力流動，宛如精密電子回路。這裡正在執行讓邪神實體化的魔法儀式。

遺跡本身就是巨大的魔法裝置。理解這一點的古城脣邊浮現笑意。

用不著深思，他該做的事情顯而易見。

既然這個世界是為了召喚邪神而存在的，通通摧毀掉就行了。

「還好事情夠明瞭！迅即到來，『雙角之深緋』！」

朝石砌神殿墜落的古城喚出新眷獸。

緋色雙角獸現形，並發出驚人的衝擊波咆吼。

在爆壓的鼓動之下，古城進一步加速。

結界正逐步崩毀——

6

美利堅聯盟國陸軍第十七特殊任務部隊分遣隊——

安潔莉卡・哈米達率領的特種部隊照著指示的戰鬥隊形(Formation)包圍了神殿。

擔任前衛的安潔莉卡・哈米達為捕捉目標獨自先走；一名狙擊手待命進行火力支援；其餘兩人則封鎖神殿入口，替安潔莉卡保住逃脫路線。同樣的任務在過去屢屢重複，不分敵人或自己人的血，每次都血流成河。「染血者」安潔莉卡並非浪得虛名。

美利堅聯盟國的歷史是由戰爭構成的歷史。

因為美利堅聯盟國本身就經歷過對歐洲北海帝國的獨立戰爭，又與北美聯盟爆發武力衝突，最後才成立了這麼一個國家。

戰爭的直接原因屬經濟問題，不過其背景為對魔族的歧視。美利堅聯盟國並未簽署旨在讓人類和魔族共存的「聖域條約」。對高舉人類純種政策的美利堅聯盟國而言，魔族是該被淘汰的低等存在。

因偏激的歧視政策而在國際上遭到孤立的美利堅聯盟國，將整頓軍力當成第一要務。為了令國家存續，他們必須經常介入世界各地的紛爭，持續調整軍事武力的平衡。

進行軍事介入的主力，就是特種部隊的這些隊員。

因此他們對國家抱有高度忠誠。而且他們不怕死。

身為特種部隊一員的太陽眼鏡男——布耶察覺到四周的異象，機械化義眼隨之發亮。

「……剛才的衝擊是怎麼回事？」

布耶朝戴在脖子上的無線電問道。

「不清楚。畢竟視野糟成這樣。」

義手男子——馬提斯躲在約三十公尺遠的石柱後頭回答。

受阻於石柱和蔓草，遺跡裡的視野確實不理想。

不過馬提斯應該也有察覺。

在現實世界那邊，結界的外殼恐怕出現了異狀。

由邪神創造的巨大結界正在搖晃，理應靠著侵蝕絃神島得到供給的魔力和質量，似乎都中斷了。

魔力的供應路徑遭強烈攻擊切斷，使得結界從絃神島被切割出去。而且，結界的外殼應該受了損傷。雖說這是在邪神實體化以前的未成熟階段，那波攻擊卻足以撼動靠邪神之力創造出來的結界。有超乎想像的巨大「力量」在絃神島出現了。

這項事實讓冷靜得理應像是戰鬥機器的士兵們產生了些許動搖。

正因為戰鬥經驗豐富，他們才會憑直覺感受到那股「力量」將妨礙部隊執行任務——

彷彿要佐證他們的預感，結界內出現了新的異變。

出現在上空的，是有如磅礡大氣具現成形的緋色雙角獸。

它散發的振動和衝擊波，幾乎不分對象地作用於整座遺跡。

石柱從中折斷，鋪滿周遭的巨石碎裂四散。遺跡裡刻的魔法裝置術紋遭到抹滅，累積的龐大神氣外洩流出。實在不是能讓人靜靜旁觀的狀況。

「波蘭德，報告狀況！波蘭德！」

布耶朝無線電怒喊。

可以知道出現在上空的是吸血鬼眷獸，濃密魔力不遜於邪神神氣。他們對宿主是誰也心裡有數。世界最強吸血鬼——第四真祖。

可是他傷重瀕死，照理說應該元氣大傷。

即使無法消滅不死的真祖，依然可以暫時性削減他的戰力。布耶等人正是明白這一點才不怕與他為敵。之前應該已經讓狙擊手轟掉真祖的心臟，封住了他的力量。

可是，操縱緋色眷獸的第四真祖和布耶等人最初遇上時完全不同。

並不單純是因為魔力恢復了。

那個少年得知瑟蕾絲妲・夏緹的真面目，又明白安潔莉卡・哈米達的目的。對付未知敵人的不安以及狀況不明造成的迷惘。諷刺的是，他藉著瑟蕾絲妲失控，掙脫了那一切的枷鎖。如今他可以隨心所欲地施展第四真祖匹敵天災的凶惡力量，只為了將瑟蕾絲妲・夏緹帶回去。

布耶認為那個少年太危險了。

非得再解決真祖一次才行──他這麼想。可是──

結果回應布耶呼叫的，是個令人聯想到冰冷匕首的俊美吸血鬼。

「你叫的波蘭德，是指這個木頭人嗎？」

將肉體改造成機械的高大士兵就倒在那個吸血鬼腳邊。士兵的下半身被熾熱火焰燒得一乾二淨，雙臂則被壓倒性膂力扯斷。縱使是魔義化步兵，受了這樣的傷也無法活下來。

「特畢亞斯・加坎……你將波蘭德……」

「這傢伙可是射殺過好幾百個無辜人類的狙擊手，光是讓他毫無痛苦地死在我手下，你就該當成慈悲了。」

加坎用充滿侮蔑態度的口氣對帶著殺氣驚呼的布耶撂下這麼一句。

布耶默默撕開自己的衣服，裝在他雙肩的銀色魔具露了出來。那是能製造熾熱蜃景的金屬板。

「——慢著，布耶。這傢伙由我對付。支援我。」

阻止布耶的是另一個隊員，馬提斯。

馬提斯已經啟動裝在兩隻義手的魔具，出現在他周圍的是浮在空中的十六道手甲(Gauntlet)。手甲裡握著各色武器，劍、斧頭、長槍及鐮刀，還有大口徑手槍，甚至連機關炮都有——

「挺有趣的手臂嘛。用來替背後抓癢似乎很方便。」

哦——加坎感嘆似的說。自己的魔具被當作「不求人」，馬提斯難掩氣憤地皺了臉。

「別小看人，吸血鬼。你的模樣已經被我的『神諭瞄準器(Oracle Bombsight)』鎖定了。逃到哪都沒用！」

特種部隊士兵操控的手甲飛舞在空中，將加坎包圍住。

槍械迸出火花，眾多武器接二連三上陣，攻擊的威力及精準度可匹敵使用各項武器的高手。而且靠魔具製造出來的手甲即使遭到摧毀，也能立刻復活。沒有人能逃過那樣的攻勢，哪怕是吸血鬼貴族也一樣。

「——原來如此，這場表演還算有意思。真遺憾呢。」

然而，加坎卻還是表情冷酷且毫髮無傷地站著。

加坎並沒有閃躲馬提斯的攻擊。手甲的攻擊全部偏了，是馬提斯自己失準。他無法攻擊加坎，無法正確掌握加坎的位置。

「特畢亞斯．加坎……難道，你對我的腦——」

「你發現得太遲了。你該不會真的以為憑護符的屏障就能躲過我的『魔眼』——？」

加坎興味索然地說道。

使用手甲的馬提斯已經看了加坎的「魔眼」。「魔眼」的真面目是棲息在加坎眼中的精神支配系眷獸。在他解除召喚前，「魔眼」會一直寄生於敵人的心靈，只靠護符防不了。要打倒吸血鬼的眷獸，必須像七式突擊降魔機槍那樣令魔力失效，或者效法第三真祖之前所做的，用更強的魔力去剋制對手——

「戰鬥結束了，魔義化步兵。」

加坎命令「魔眼」攻擊。理應受馬提斯操控的手甲，同時將矛頭指向了馬提斯自己。來不及停止魔具發動，所有武器在解除前就殺向馬提斯，貫穿了持有者全身。

「還沒完，吸血鬼——！」

篤定敵人喪命的加坎一瞬間放鬆了對「魔眼」的操控。

霎時間，瀕死的馬提斯朝加坎撲了過來。

眾多手甲再次化為實體，並且束縛住吸血鬼全身。隨後——

「趁現在，布耶！」

快動手——趕在馬提斯動口以前，布耶肩膀上的魔具已經釋出熾熱蜃景。馬提斯也在同一時間引爆體內的炸藥。

驚人的火焰及爆壓包圍住加坎。幹掉了嗎——布耶上氣不接下氣。

可是理應將吸血鬼燒盡的火焰卻在加坎眼前打轉，並且化為一隻巨大猛禽。加坎在火焰的另一邊冷酷地笑道：

「『焰扇』嗎？你這魔具是挺稀奇，隊友配合得也不錯。但是——太嫩了。」

火焰猛禽化成閃光一飛，以布耶站的地方為中心，巨大火柱噴湧而出。火勢隨著爆壓延燒，使周圍一帶變成焦土。

儘管加坎已命令眷獸消散，火勢仍沒有減退。

可是，在火焰中找不到布耶的屍體。

只能看見被摧毀的魔具碎片燒熔了一點——

布耶本人逃掉了。

「還讓我多費工夫……也罷……」

加坎煩躁似的嘀咕著仰望頭頂。

眼前有巨大的銀色甲殼獸正要化為實體。是第四真祖的眷獸。

曉古城大概已讓神殿外牆霧化瓦解，好藉此入侵獻祭之堂。

嘖——加坎粗魯地咂嘴並邁出腳步。

他無意協助曉古城。光是想到和那男的呼吸相同空氣就不愉快。所以這絕對不算聯手，只是獵物被搶會讓人覺得不稱心。如此而已。

加坎一邊這麼告訴自己一邊走進神殿。

7

神殿周圍開始劇烈搖晃。

不只是瑟蕾絲妲從祭壇下來的關係。異變是發生在薩薩拉瑪丘的結界內外兩側。侵蝕現實世界的外殼受到損傷，從外部供給的魔力中斷了，而且以邪神魔力構築成的神殿本身正逐漸受到摧毀。

能這樣胡來的只有一個人——第四真祖，曉古城。

即使雪菜明白這些，臉色仍然顯得不安。

因為有個女人穿著附皮草的大衣，靜靜地盯住雪菜和瑟蕾絲妲。

「妳說妳是獅子王機關的劍巫對吧？將瑟蕾絲妲．夏緹交出來。可以的話，我希望能盡量避免殺民眾……」

依然將左臂舉在頭上的安潔莉卡・哈米達淡淡地宣告。

她應該也察覺了神殿外面發生的異狀。然而女士兵的表情沒有變化。那並非思慮不周，她有自信掌控並克服這樣的異狀。

「妳打算怎麼對瑟蕾絲妲小姐？」

舉槍備戰的雪菜問道。劍巫敏銳的靈感正告訴她眼前的敵人有多危險，一鬆懈，強大的壓力就可能壓垮雪菜。

異於任何魔族的人類士兵，與雪菜以往交手過的敵人屬於不同存在。

安潔莉卡的攻擊，即使用雪菜的槍也無法徹底防禦。何止如此，她甚至懷疑安潔莉卡還沒有拿出真本事。

就算這樣，雪菜還是不能退讓。

目前在這裡能保護瑟蕾絲妲的，只有她而已。

「妳的要求，就是要我回答那個問題？」

女士兵用事務性口吻反問。

「我會將她回收，然後移送至『混沌境域』。對你們來說倒也算理想的條件吧？」

「那種事情怎麼可能──」

「辦得到。所以我才會在這裡。」

安潔莉卡只用最低限度的語句答覆。她那不通人情的口氣表達出「談判就到此結束」的絃外之音。

「我數到五，在這段期間內給我消失，不然妳就得死。五(Five)……四(Four)……」

「土氣女……！」

瑟蕾絲妲在雪菜背後大喊。丟下她逃走吧——彷彿如此訴說著的悲痛嗓音，讓雪菜徹底拋開了迷惘。

由於神殿地板產生龜裂，雪菜無法挺身當瑟蕾絲妲的肉盾。在這種狀況下只有一種方式能夠保護她——那就是對安潔莉卡先下手為強。

雪菜傾全力蹬地躍起。然而她使出渾身解數的突擊卻被安潔莉卡輕鬆閃過。

「三(Three)……二(Two)……」

安潔莉卡無情地持續倒數。她會遵守自己給雪菜猶豫的些微時間。換句話說，這表示時限一到，她就會毫不留手地展開攻擊。

「……一(One)……很遺憾。」

安潔莉卡面色不改地嘀咕。

然而，女士兵的左臂並沒有揮下來。

因為在她展開攻擊以前，神殿外牆就聲勢浩大地爆開了。

散發開來的龐大魔力以及瀰漫於視野中的銀霧，讓雪菜頓時回頭。

在明顯誇張過頭的破壞下，籠罩著霧氣站在那裡的，是個穿著血跡斑斑的連帽衣、一臉慵懶的少年。

「抱歉……姬柊，讓妳久等了……！」

曉古城一雙深紅色眼睛閃著光芒，凶狠地露出獠牙笑了。

雪菜目瞪口呆地朝他望了一會。

在古城背後，他喚出的眾眷獸正對遺跡極盡破壞之能事。既無目標也不留情，只為破壞而破壞。做得太過火了——雪菜心想。

那樣確實能阻止現實世界受到侵蝕及邪神實體化，可是一有閃失，蓄積的龍脈能量或許會失控。就是因為這樣——雪菜心想，就是因為這樣，她才不願放開盯著這個少年的視線。

「瑟蕾絲妲呢！」

「她沒事！不過學長，回去以後我要對你說教——」

憤慨地說到一半的雪菜臉色忽然嚇得僵住了。

因為她從瀰漫的霧氣縫隙間看見安潔莉卡・哈米達揮下左手的身影。

不可視的一擊劈開銀霧而來，看不見的巨刃對準了毫無防備站著的曉古城。

而且，古城沒有閃開那道攻擊。

「學長——！」

雪菜發出短短的尖叫。

不可視之刃劈裂了巨石鋪成的地板，即將斜向斬斷古城的身軀——

當所有人都這麼以為的瞬間，浮現於古城面前的是一陣寶石般的華美光彩。

刺耳的高音「鏗」地響起。

不可視的一擊觸及光芒，隨後鮮血狂洩四濺。

雪菜看似無法置信地睜大眼睛。

「什……」

嘔血倒地的人是安潔莉卡・哈米達。

古城仍毫髮無傷地站在原地。

「……怎……麼會……！」

安潔莉卡的身軀連同大衣一起被砍斷，「砰」地倒在神殿的地板上。

古城什麼也沒做，女士兵施展的不可視攻擊直接被反彈回她的身上。安潔莉卡・哈米達是受了自己的攻擊才倒地。

「……這樣就……結束了嗎？」

古城用自己也覺得疑惑的語氣嘀咕。

靠機械強化體魄的安潔莉卡，即使在身軀遭到兩斷的狀態下也還活著，而且她似乎感覺不到痛楚。然而變成那樣應該不可能繼續戰鬥。

現在的她沒有能力阻止古城等人。

戰鬥結束了，已經沒有理由再繼續留在這個結界，要帶著瑟蕾絲妲脫逃出去。遏止能量失控的方法，之後再思考就行了。

在古城如此想著並踏出步伐的下一刻——

一陣平靜的笑聲傳來。聲音的主人是安潔莉卡．哈米達。

「還沒完……還沒完喔，第四真祖。區區魔族可別小看我的部隊——」

女士兵挑釁的語句讓古城愕然回頭。

身負重傷倒地的安潔莉卡身邊，不知不覺中多了一道新人影站著。

有著機械義眼的高壯士兵。

他名叫布耶，是安潔莉卡的部下之一。

「——少校，我來晚了。」

布耶說著蹲到了安潔莉卡旁邊。

他全身受了相當重的傷，嵌在雙肩的魔具也被摧毀。女士兵仰望著部下問道：

「就你一個嗎，布耶？」

「是的。波蘭德和馬提斯都被特畢亞斯·加坎——」

布耶微微搖頭。安潔莉卡只短瞬閉上眼睛，像是在為戰死的部下哀悼。然後在下個瞬間，她伸出右手嫣然一笑。

「是嗎？那麼我要你，布耶——」

「願祖國長存——」

布耶看似心滿意足地點頭，牽起了安潔莉卡的手。

接著他親吻她的手背，宛如對君主宣誓效忠的騎士——

古城等人默默看著他們那段和現場太不搭調的奇妙短劇。

結果，朝神殿趕來的特畢亞斯·加坎出聲打破了沉默。

「阻止那女的，曉古城！」

「咦？」

古城一時間無法理解急得歪了嘴的加坎在說什麼。

瀕死的安潔莉卡·哈米達只是讓部下碰了右手，古城不明白加坎對此戒懼的理由。

「安潔莉卡·哈米達的右臂是『女王的擁抱』！」

朝古城怒喊的加坎召喚了自己的眷獸。他對躺在地上的安潔莉卡及其部下釋放出熾熱猛禽。然而——

「嘎……！」

濺血倒下的，反而是胴體被深深劈開的加坎。

在他的眷獸發動攻擊前，敵人的攻擊就先傷到他了。

「——加坎！」

承受不住創傷的加坎，當著杵在原地的古城眼前雙膝跪地。

傷痕狀似巨斧造成的不可視猛劈。那是應該已經傷重倒地的安潔莉卡的招式。

「這是『斬首的左手』……特畢亞斯·加坎。」

加坎召喚的熾熱猛禽消散了。

站在餘焰另一頭的，是高大得扭曲的詭異人影。

人影的頭是個美麗女性，然而她的雙臂之下長了另一雙胳臂和健壯男性的軀體。安潔莉卡和部下的肉體進行融合，藉此代替自己遭到斬斷的下半身。

「她奪走了同伴的身體嗎……！」

察覺女士兵模樣為何改變的古城驚呼。

嵌在她右臂的魔具似乎具有將抱到懷裡的人吸收納為己用的效果。安潔莉卡吞了自己的部下，將他變成自己身體的一部分。

「我的右手可以將我想要的任何東西化為自己肉體的一部分。Zen Force是專為我組編的部隊，隊員們的肉體都只是我的備用零件（Spare Parts）罷了。敵我雙方一律幹掉——因此我才會被稱為『染血者』安潔莉卡。」

安潔莉卡用不帶感情的嗓音說道。既不驕傲也不自嘲，純粹為勾起古城等人恐懼的說明。在她的觀念中，就連奪走忠心部下的肉體，大概也只是達成任務的必要步驟之一而已。

裝在安潔莉卡體內的機械像個別的生物一樣嘰嘎蠢動著，並且和部下體內的人工內臟相互連接，逐步更替回路。那並非單純出自融合魔具的效果，正因為雙方都是將全身改裝成機械的魔義化步兵才能如此蠻幹。

「妳……！」

他們那副異常過頭的模樣讓古城在戰慄間露出獠牙。他用力握緊拳頭，朝變成異形的女士兵招呼過去。

彷彿從一開始就知道古城會如何行動的安潔莉卡高揮左手。瞬時間，古城明白了她的企圖。現在古城分神於攻擊，就無法施展剛才的奇特反射——

女士兵發動裝在左手的魔具，生成不可視之刃。

「——學長！」

然而在鋒刃揮下前，雪菜就闖進了古城和安潔莉卡之間。銀色長槍如飛箭一般探出，刺穿女士兵的左腕。

伴隨著靜電四射般的衝擊，嵌在安潔莉卡手腕的魔具碎了。

不可視之刃就此消散。名為「斬首的左手」的魔具再也無法使用。

女士兵見狀不知為何露出了滿足的微笑。

「我早看出妳會那樣行動了，劍巫。」

安潔莉卡硬是拔出槍頭，絲毫不顧左腕會因此扯斷。

雪菜表情僵硬。因為她發覺安潔莉卡的目的是要將自己從瑟蕾絲妲身邊引開。

女士兵運用從部下那裡奪來的腿疾速躍起。

她的前方就是瑟蕾絲妲。害怕得站著不動的瑟蕾絲妲被安潔莉卡粗魯地一把抱起。女士兵的右臂摟住了薩薩拉瑪丘的「新娘」——

「『擁抱的右手』——這就是美利堅聯盟國自豪的魔具真正的力量。」

安潔莉卡的右臂綻放光芒，吞沒了瑟蕾絲妲——

8

不祥的聲音充滿世界。

大地——不，古城等人所處的空間本身正轟隆作響地震動。

廣闊的遺跡開始消失。原本鮮明存在於眼前的巨石神殿忽然失去真實感，搖晃了片刻便消失無蹤。

「安潔莉卡．哈米達……」

然而，古城現在沒有心思放在那上面。

安潔莉卡當著古城等人面前，再次變了模樣。

肌膚褪去一切色彩，染得像黑夜一樣暗，失去人類輪廓的身體在膨脹間改變形貌。那像是巨大的鳥，同時卻也像蛇，或者也像剛從蛋裡頭孵出的凶獸幼雛。只有裹著黑曜石鱗片的三條手臂還留著原本的人類形貌。

安潔莉卡張開翅膀後的身高超過七公尺，而且還持續在增長。

覆蓋全身的黑色鱗片上，浮現出類似精密電子回路的金色魔法紋路。

位於回路中樞的是瑟蕾絲妲。四肢彷彿被埋在怪物額頭中的她恐懼得睜大眼睛，僵硬得像是一座雕像。

「妳……把瑟蕾絲妲……！」

古城絕望又憤怒得全身顫抖。安潔莉卡．哈米達用「女王的擁抱」將瑟蕾絲妲納入自己體內了。她得到了邪神的宿體，無論形式為何，她等於完成了自己的任務。

「她和薩薩拉瑪丘的『新娘』融合了嗎……」

呆愣站著的古城背後，傳來一陣有些咬字不清的女性說話聲。是南宮那月的嗓音。

那月斜舉華麗的蕾絲陽傘，同情般仰望面目全非的女士兵。

「原來如此……妳把刻在夏緹神殿的魔法裝置原模原樣地移植到自己體內了，『染血者』安潔莉卡——」

「移植……魔法裝置？」

古城察覺那月的話裡所指為何，臉上頓時失去血色。

即使瑟蕾絲妲召喚出「蛋」，邪神也未能化為實體。因為紘神島上並沒有用來讓邪神實體化的魔法裝置——夏緹神殿。

正因如此，邪神之「蛋」才會在異世界創造出結界，不惜侵蝕紘神島也要用魔法再造遺跡。古城等人摧毀了那座「虛擬(冒牌)」的遺跡，想藉此防止邪神實體化，而且應該也成功了。

可是，萬一安潔莉卡．哈米達體內裝有和夏緹神殿「實物(本尊)」相同的魔法裝置呢——？

「做為一座魔法裝置，夏緹神殿是千年前技術的產物。運用目前的魔法積體技術就不需要那麼大費周章的裝置，要將所有功能裝進我一個人的體內也是可行的。它只是塊一平方公分大的積體晶片。」

異形怪物用安潔莉卡．哈米達的嗓音說道。

那代表她已經徹底掌控了「邪神」的力量。將身為「新娘」的瑟蕾絲妲納入體內後，人類就藉此支配神了。

「祭品已成功回收。雖然有出現犧牲，但是在意料範圍內。任務執行並無窒礙——」

異形怪物以沒有抑揚頓挫的機械性語氣宣言。

神殿崩塌的腳步加快了。靠邪神魔力維持的結界瓦解後，空間正要回歸到現實世界。被拋到正常空間的古城等人受重力牽引，跌落到紘神島碼頭。之前遭邪神之「蛋」侵蝕的碼頭已成為殘破不堪的廢墟。

那月操縱空間瞬間移動到安全處，雪菜無驚無險地著地。儘管古城差點墜海，還是勉強攫住了結構外露的建材。

化為邪神的安潔莉卡張開闇色翅膀，從上空睥睨古城等人。

「但是，我國並不樂見插手『玄冥神王』降臨一事被公諸於世，因此要抹殺目擊者。」

布滿黑曜石鱗片的邪神手臂被漆黑火焰籠罩，驚人熱量撼動大氣。異形怪物抓著那道黑焰瞪向古城。

「薩薩拉瑪丘是司掌死亡的夜之神。就讓昏黑太陽的業火將你燒盡吧——」

不會發亮的黑色火焰無聲無息地落到地上。

那股凝縮的魔力不只能將古城等人滅口，其熱量要燒遍海港附近的一切都綽綽有餘。漆黑光輝烤熱大地，沸騰的海面冒出白泡。

然而，破壞性的高熱卻沒有延燒至絃神島。

「妳這寄生女休想——」

古城眼前發出了光芒。那是一道富麗的寶石巨牆。

邪神發出的黑色火焰一接觸到潔白澄澈的牆，瞬間就被吸收消滅。寶石之牆更在同一時間碎成無數結晶，盡數撒向邪神。

「什麼……！」

寶石的尖銳碎片，和邪神發出的黑色火焰具備相等熱量。

異形怪物承受了自己施展的攻擊威力而產生動搖。

「……瑟蕾絲姐被當成祭品，記憶遭到剝奪還差點喪命的事，你們那些人大概都掌握得很清楚吧。」

古城瞪著化為邪神的女士兵，咬牙吱嘎作響。

湧上他全身的龐大魔力令大氣隨之振動。

瓦特拉說過，阻止薩薩拉瑪丘的方法只有兩種——殺了瑟蕾絲姐以阻止邪神實體化，或者打倒降臨後的邪神。而且邪神要是降臨，瑟蕾絲姐恐怕會承受不了衝擊而消滅。

但是安潔莉卡與瑟蕾絲姐融合以後，就打亂了那項前提。

安潔莉卡已經化為邪神，卻沒有喪失自我。既然如此，瑟蕾絲妲的意識及肉體可能都還保留著，並沒有遭到摧毀。這樣的話，該做的事情再明白不過。

「你們拋棄了瑟蕾絲妲，將那些神官趕盡殺絕，然後還打算將神的力量當成戰爭的道具嗎！那我就要打倒邪神再把瑟蕾絲妲救回來。接下來，是屬於我的戰爭——！」

古城張開寶石之牆。邪神再次發出黑焰，兩者的魔力正面衝突。

碎散的牆壁碎片化為無數彈丸，朝異形怪物展開反擊。

然而，射完火焰的邪神早就從古城的視野中消失蹤影了。繞到古城背後的邪神又從死角灑下新一波火焰。

反應慢了的古城來不及創造新的障壁。

接著在愣住的古城眼前，火焰毫無預警地分開了。

耀眼的純白光輝化成巨刃，斬斷了漆黑之焰。

光刃的真面目，是獅子王機關的祕藏兵器——七式突擊降魔機槍所發出來的神格振動波光輝。

「不，學長，是『我們的』戰爭才對——！」

銀槍一轉，雪菜背對背地為古城掩護背後。

古城對她的話用力點頭，然後高高舉起右臂。

「繼承『焰光夜伯（Kaleido Blood）』血脈之人，曉古城，在此解放汝的枷鎖——」

從古城右臂濺出的鮮血伴隨著閃光，幻化成巨獸形貌。

翻騰的大團魔力濃密得足以帶著自我意志聚合成形。那是一頭具有金剛石（Diamond）肉體且大得荒謬的巨型大角羊（Bighorn）。

潔淨而絕對無謬的上帝羔羊（Agnus Dei）。第四真祖的新眷獸。

「——迅即到來，第一號眷獸『神羊之金剛（Mesarthim Adamas）』！」

隨著古城的叫喚，撒落寶石結晶的神羊張口咆吼。

任何攻擊都傷不了的金剛石神羊會將傷害奉還給傷了自己的人。那是象徵著吸血鬼不死詛咒的眷獸。

古城的眷獸造出了無數寶石構成的障壁，布滿整片天空，像是要封住飛舞於空中的異形怪物行動。只要攻擊那道障壁，攻擊的威力就會直接回到邪神身上。

邪神已經無法傷害絃神島，就連逃也逃不了。

化為邪神的安潔莉卡瞪著有意阻擾任務執行的古城，發出震天嘯聲。

異形怪物拍著闇色翅膀下降。

仰望漆黑巨大身軀逼近的古城表情僵硬。因為邪神打算利用自己的龐大身軀，直接將古城等人踩扁。

古城為防止邪神逃亡已經用了眷獸，就無法張開新的障壁。不帶魔力的單純物理性攻擊，即使靠雪菜的槍也擋不了。

古城打算喚出其他眷獸將邪神擊落。

可是邪神的攻勢來得更快。漆黑巨軀要將離全毀不遠的碼頭連同古城一起壓扁——霎時間，承受住邪神壓倒性質量的是一具巨大的鐵灰色魔像。

「崩擊之鋼王！」

鋼鐵魔像的手臂奮力朝邪神痛毆，硬將漆黑巨軀頂回去。

操縱魔像的是特畢亞斯‧加坎。理應傷重倒地的他捂著胸部的傷口對古城怒喊：

「別鬆懈，曉古城！既然對方打不倒眷獸，會把宿主當目標是當然的吧！」

「你何必每句話都那麼囂張——！」

「煩死了，閉嘴。」

加坎嘀咕著撂了一句「蠢蛋」，古城擺出苦瓜臉回瞪對方。這下子可抓不到機會向加坎答謝了。

「『妖擊之暴王』——！」

「迅即到來，『雙角之深緋』——！」

加坎斷然忽視心裡還在糾結的古城，又召喚出另一匹眷獸。

古城同時也採取行動。熾熱猛禽及緋色雙角獸具現成形，從左右一起撲向邪神，默契好得令人難以置信的聯手攻擊。

理應不可能閃避的這波攻擊卻被邪神悠然躲開，和祂剛才穿過古城設的障壁時一樣。從黑曜石手臂發出的黑焰將兩人的眷獸雙雙擊落。

「怎麼可能！」

「──居然被閃掉了！」

加坎和古城都愕然無語。他們倆命令受傷的眷獸再次攻擊，結果還是一樣。異形怪物完全料中他們的行動，對攻擊應付自如。

邪神化的安潔莉卡並沒有完全發揮出薩薩拉瑪丘的力量。

「玄冥神王」是在遠離原本地脈的場所實體化，而且靠魔具強制融合並沒有經過完整儀式，因此祂只能重現自己原本力量的一小部分。證據就是瑟蕾絲妲還保著人類形體，安潔莉卡也留有自我意識。趁現在的話，應該可以打倒那頭異形怪物，將瑟蕾絲妲救出來。

可是攻擊打不中，實在是一籌莫展。目前邪神也還在從龍脈吸取力量，並慢慢增強戰力，變強到無法對抗只是時間問題。

「原來如此……是這麼回事。」

焦急的古城耳裡聽見了那月在悠哉地仰望天空時，那句彷彿不干己事的嘀咕。嬌小的魔女用了講解考題般的口氣告訴古城：

「聽好了，曉古城。安潔莉卡．哈米達的體內裝著能預測未來的魔具，你要有半吊子的攻擊全會被躲開的認知。」

「預測未來……？那不就和姬柊一樣……」

古城恍然大悟地看向雪菜。在戰鬥中以靈視洞見片刻後的未來，藉此發揮出比魔族更快的身手。獅子王機關的劍巫戰鬥能力會異常高超，祕密就在於這一點。假如安潔莉卡擁有和那一樣的能力，古城等人的攻擊當然打不中。

「正是如此。你知道該怎麼做了吧？」

那月微微揚起小巧的脣笑了。

古城和雪菜互望彼此的臉，然後同時點頭。

沒空開口確認了。時間寶貴。

雪菜默默放下「雪霞狼」。古城繞到雪菜後面，站著從背後摟住她。接著，兩人將彼此的右手相疊。

「學長——」

雪菜抬起臉回頭，從近距離仰望古城。

她眼裡浮現了難為情似的淡淡微笑。

「將瑟蕾絲姐小姐平安救出來以後，我有件事想要告訴你。那件事是我加入獅子王機關的契機……可以嗎？」

「好啊，當然了。」

古城毫不猶豫地點頭。瞬時間，他們倆之間似乎有什麼接通了。看不見的絲繫起了兩個人的神經，相觸的肌膚傳達了彼此的心思。

古城和雪菜同時仰望天空。

以火色天空為背景，漆黑邪神飄浮在上面。

假如化為邪神的安潔莉卡能洞見未來，只要看得比她所見的未來更遠就行了。只不過要實現這一點，雪菜的靈視力就非得凌駕於安潔莉卡的魔具之力——

古城相信是雪菜的話肯定沒問題。

而且因為有古城的信賴，雪菜也篤定自己能看見。

「學長！」

「『獅子之黃金』——！」

兩人的聲音重疊。從虛空中召喚出來的，是籠罩著強烈電磁場的雷光巨獅。它化成一道紫色電光，朝雪菜指的方向直奔向天，並且張口咬住邪神巨大的身軀——

眷獸的攻擊超乎安潔莉卡預料，令她放聲慘叫。

理應是沒有感情的戰鬥機械的她，頭一次心懷恐懼。

「做得漂亮，學生們——」

那月打開扇子掩飾脣上的笑意。

她從腳邊的影子裡射出狀似戰艦錨鏈（Anchor Chain）的巨大黃金鎖鏈。眾神鍛造的「咒縛之鎖（Drómi）」——

黃金魔具綁住漆黑邪神，將祂拖到地面。

「狻猊之神子暨高神劍巫於此祀求——」

霎時間，雪菜握槍疾奔。隨禱詞灌注的龐大靈力，讓銀槍被神格振動波的光芒包裹。

「破魔的曙光、雪霞的神狼，速以鋼之神威助我伐滅惡神百鬼！」

雪菜的槍貫穿了邪神被黑曜石所覆的肉體。

她瞄準的只有一處——裝在安潔莉卡體內的魔法裝置晶片。她早就從邪神體內神氣的流向判別出晶片位置，精確的一擊摧毀了一平方公分的小小積體電路。

在那個瞬間，邪神失去實體化的力量了。

異形怪物的身影開始搖晃。

安潔莉卡和邪神融合的肉體被吐出，同時瑟蕾絲妲也獲得解脫。

伴隨著彷彿能撼動空間的咆吼，邪神的力量開始脫韁。

原本凝聚的龐大神氣即將敵我不分地解放出來。

「曉！」

那月瞪著古城高喊一聲，古城隨即召喚出新眷獸。

「『龍蛇之水銀』——！」

水銀色的雙頭龍張口咬向處於失控前夕的邪神肉體。被雙龍啃食的邪神肉體像整塊空間都被挖去一樣消失了。邪神的神氣要是完全解放，即使靠神羊的障壁也防禦不了。要靠雙頭龍的「次元吞噬者(Dimension Eater)」之力，將神氣送到不知位於何處的異世界。

肉體不停遭啃食的漆黑邪神在痛苦嘶吼間瘋狂掙扎。祂擠出最後所剩的力氣，將自己的下半身切離，好將雙頭龍的下顎甩開。

「什麼！」

截半的邪神肉體朝地面墜落。

看到那一幕的古城等人面露焦慮。

古城命令「神羊之金剛」展開無數道障壁。邪神的身軀每次接觸到光壁，力量就會被削減。即使如此，依然不可能完全擋下逐漸失去實體的邪神。

邪神化整為零的殘骸，像流星雨一樣朝絃神島撒了下來。光是殘留於碎片的些微神氣，威力應該就足以消滅整座絃神島。

即使用雪菜的槍也無法將那些全數擊落。

而且也來不及召喚新眷獸。

趕不上了——就在古城咬住嘴脣的瞬間。

從虛空中另外出現了無數的蛇，將邪神的碎片吞得一點都不剩。

「咦……！」

寂靜忽然到來，在場所有人的動作都停了。

邪神的神氣從世上消失，天色也在不知不覺間恢復原樣。

占滿視野的大量蛇群完成任務後，又消失於虛空。

古城用不著回頭就知道那可怕的眷獸是由誰召喚。

擁有「蛇夫」別號的貴族——奧爾迪亞魯公迪米特列．瓦特拉。

「瓦特拉……那傢伙……」

古城察覺貴族青年朝這裡走近，便無意識地板起臉孔。

受到邪神侵蝕而嚴重損壞的碼頭上，有個蜂蜜色頭髮的少女虛弱地撐起上半身。

於融合之際失去衣物的她身上什麼也沒穿。少女亮澤的褐色肌膚上並沒有顯著的傷口。

雖然體力消耗甚鉅，她的記憶似乎沒有混亂。

瓦特拉停在她面前，優雅地露出微笑。

「看來妳沒事，瑟蕾絲妲．夏提——讓我為此說一聲恭喜。」

瓦特拉將自己的西裝外套披在赤裸的瑟蕾絲妲肩膀上。

蜂蜜色頭髮的少女受驚似的抬起臉，然後半無意識地喚了貴族青年的名字。

「瓦特拉……大人……」

瓦特拉不理會她的呼喚，直接邁出步伐。

他慰勞般對受傷的加坎露出微笑，然後直接帶他離去。

古城傻愣愣地望著那宛如電影場景的一幕。

「……為什麼事情會變得好像是那傢伙救了瑟蕾絲妲一樣……」

瓦特拉除了在最後的關鍵時刻出手幫忙以外，幾乎什麼也沒做。何止如此，那個男的應該一直到途中都打算捨棄瑟蕾絲妲。

之前和瑟蕾絲妲同步的薩薩拉瑪丘的神氣，在實體化以後就從她身上分離，並且被古城等人的眷獸啃食殆盡。她不再是邪神的「新娘」了。

所以，瓦特拉應該已對瑟蕾絲妲失去興趣，對待瑟蕾絲妲的溫柔舉止是他無心過問的表徵。基本上，想必瑟蕾絲妲並不會明白這些。

我不能接受啦——古城如此嘀咕著搖頭。

雪菜仰望著他那張臉龐，微微地露出笑容。

可是，雪菜那張笑臉立刻就不悅地垮了下來。

因為古城的視線一直盯著只披了瓦特拉外套的半裸的瑟蕾絲妲。

「學長……你為什麼看她看個不停……？」

「嗯……咦！等一下，我剛剛只是在擔心她……！」

下流——雪菜憤慨地表示，古城則拚命辯解。

瑟蕾絲妲注意到古城他們的互動，就小聲地噗嗤笑了出來。

她擦去眼角淚水的迷人笑容被絃神島的夕陽照得明亮。

瑟蕾絲妲短短嘀咕的一句話被強勁的海風吹走了。那始終傳不到古城耳裡——

「謝謝你……古城……」

終章
Outro

這一天，藍羽淺蔥懶散地躺在昂貴的人體工學椅上，不高興地托著腮幫子。

基石之門，第零層——

在地處絃神島中心的摩天大樓裡，位於更中央的特殊區塊。

人工島管理公社的伺服器機房——這地方被如此稱呼。至少，表面上是這樣。

完全氣密的這塊空間，擺著五具管理絃神島的超級電腦的核心機組，和宛如神經遍布各處的島內網路相連接。堅固的外殼據說連核彈攻擊或兩萬公尺深的水壓都承受得住。

但是對淺蔥這個單純來打工的高中女生而言，那種非現實的規格或大學問都不重要。

「基樹那傢伙……找我過來是想做什麼啦！唉喲……閒死了！」

淺蔥沒規矩地把腳翹到桌上，頗不耐煩地嘀咕。

有十萬火急的高薪案子，還可以盡情使用新型超級電腦——被青梅竹馬用這些花言巧語吸引，淺蔥才放棄假日專程來打工。然而，實際收到的指示卻只是在桌子前發呆待命。無聊過頭的她申請了一打的軟體專利，還狠狠修理了電腦西洋棋的世界冠軍，甚至駭入古城家附近的監視器當消遣，但是靠這些打發時間也實在到了極限。

「欸，摩怪，你在聽嗎！我肚子餓耶……餓扁了啦！」

淺蔥像小孩一樣擺手踢腳地對著監視器呼喚。於是——

她的手機忽然就在這時響了。是收到簡訊的音效。

結果寄簡訊的人是矢瀨，字面簡潔明快。

他表示：「今天的事已經結束，妳可以回去了。辛苦囉——」

「啥？什麼跟什麼嘛！」

淺蔥瞪著手機畫面大叫。在她背後有空氣外洩的聲音。將淺蔥關在室內的氣密牆解除封鎖了。

「那傢伙……！之後我絕對要找他算帳……！」

淺蔥嘀咕著氣得拳頭發抖。

她的一天就這樣安然無恙地結束了——

†

在巨大遊船「深洋之墓二號」的船艙，迪米特列．瓦特拉舉起玻璃酒杯就口。散發鐵鏽味的深紅色液體搖盪於他手裡。

擺在桌上的平板電腦正顯示出報社的網站。

首頁秀著「內戰結束」的字樣。用不著第三真祖「混沌皇女」出馬，「混沌境域」的叛軍就被鎮壓了。

戰鬥迅速落幕，民眾幾乎沒有犧牲。該事件反而提升了第三真祖擔任為政者的風評。

美利堅聯盟國軍方參與謀劃的證據也被揭發了。據說名單中也包括了負傷淪為俘虜的特種部隊女將官。

結果——美利堅聯盟國遭到國際斥責，還得為了「渾沌境域」的賠償問題頭痛。

「這樣好嗎？關於這次的事件——大人為『混沌皇女』撐腰，似乎讓諸位長老們大為掃興呢。」

長相秀氣的吸血鬼少年問了凝望窗外的瓦特拉。他看著平板電腦上的報導，翡翠色眼睛裡流露出一絲憂鬱。

迪米特列·瓦特拉是「戰王領域」出身的貴族，血脈承自第一真祖「遺忘戰王」的純種吸血鬼。這樣的他卻幫了其他血族的真祖——對同族吸血鬼來說當然並非樂事。然而——

「無所謂。我們那位真祖（老爺爺）反而會覺得有意思吧。畢竟看到了挺有趣的玩意。」

瓦特拉讓光透過手工的昂貴玻璃杯，微笑著搖了搖頭。

他那看似愉快的眼神讓人有種故意為難少年——吉拉來尋開心的感覺。換句話說，他還是老樣子。

「大人是指『C』嗎？」

吉拉語帶嘆息地咕噥。瓦特拉悄悄揚起嘴脣笑了。

「古城要是沒有阻止薩薩拉瑪丘，人工島管理公社肯定會啟動『回路（Circuit）』。所以他們才會將『該隱的巫女』裝進『彈膛（Chamber）』。多虧如此，只差一點就能見識到絃神島的另一副面貌了——『魔族特區』的真實面貌。」

剎那間，瓦特拉的碧眼冒出了深紅色光芒。

映於他眼中的，是絃神島中心的建築物——基石之門。

剛好是夕陽要沒入海平線的時刻，返照的耀眼陽光將大樓染成金黃。

「再說對『混沌皇女』親切，也讓我們收到了精美的禮物。」

飲盡深紅色液體的瓦特拉，帶著宛如小朋友拿到新玩具的表情回過頭。然後他朝站在牆角的少女們喚道：

「對吧？第六號（Hektos）、第十號（Dekatos）——」

容貌美如妖精的兩名少女回應呼喚，默默地點了頭。

兩人披散的淺金髮好似彩虹，會依觀看角度不同改變色澤。

†

傍晚——

古城和雪菜待在醫院通道，心神不寧地抬頭望著時鐘。人工島管理公社的附屬醫院，「魔族特區」中專門診察魔族及攻魔師的專設醫療大樓。

在旁邊的長椅上還有半路會合的夏音及亞絲塔露蒂的身影。當所有人都露出不安的臉色時，只有妮娜在鬧脾氣。因為醫院裡禁止帶寵物進入，她一直被迫裝成不會動的人偶。

不久通往診察室的門打開，南宮那月出現了。

豪華禮服搭配蕾絲扇，依舊和現場不搭調的打扮。

「那月美眉……瑟蕾絲妲呢？」

古城趕到那月身邊問道。瑟蕾絲妲在得救以後立刻失去了意識，經過那月安排才被送到這間醫院接受檢查。雖然大伙設法將瑟蕾絲妲救了回來，但她曾經與邪神融合，而且體力十分衰弱，後遺症和反作用也令人擔心。

然而，那月朝不安的古城等人看了一圈，抱怨他們太過誇張並嘆道：

「雖然只做了簡易的檢查，不過並沒有發現邪神殘留的神氣。」

她說起話來從容得一如往常。

「那表示──」

「表示那個女孩已經不是『玄冥神王(薩薩拉瑪丘)』的『新娘』了。」

「這樣啊……」

太好了──古城疲軟地靠到牆邊。這樣瑟蕾絲姐就不可能再被別人當成祭品覬覦了。她現在已經是自由之身。

夏音等人聽到這些話，也放心似的捂著胸口。

「瑟蕾絲姐小姐的身體要不要緊？」

雪菜一邊扶穩差點跌坐在地的古城一邊發問。

過去儀式所用的咒術和這次承受的神氣，應該都對瑟蕾絲姐的肉體造成了相當大的負擔，還要考慮到精神方面受到的打擊。

「多少有留下後遺症，所以她必須留在紘神島療養，但應該不會太嚴重。因為那個女孩是正統的『新娘』，和安潔莉卡·哈米達不一樣，她對神氣應該具有適應性。」

那月用稍嫌不負責任的口氣說道。畢竟目前只做過簡易的檢查，她也解釋不了更多。

「啊，關於瑟蕾絲姐·夏緹的醫療費及往後生活，『混沌境域』似乎會資助。我想正式的公文依據遲早會送來。」

「妳說的『混沌境域』是嘉妲那裡嗎？那傢伙為什麼要……」

古城帶著吃驚的表情眨了眨眼。這次的事件並未直接和「混沌境域」扯上關係。儘管瑟蕾絲妲在國籍上應該也屬於「混沌境域」的臣民，但國家想必不會因為這樣就特地援助一個在異國涉入風波的小女生。

「沒什麼好訝異吧？」

那月反而一臉覺得奇怪的表情望著感到疑惑的古城。

「多虧有瑟蕾絲妲．夏緹這樁事情，『混沌境域』可以向美利堅聯盟國要求一筆莫大的賠償。我倒認為有那樣的待遇是理所當然。」

「啊……也對。」

古城聽完也釋疑了。他們妨害了安潔莉卡．哈米達的任務，以結果而言，最大的得利者就是「混沌境域」。

「然後我和姬柊就什麼也沒有……總覺得無法接受耶……」

古城在嘀咕間冒出真心話。他們不只被一時興起的瓦特拉拖下水，在這起事件中更有好幾次差點沒命。古城覺得他們是不是也有要求賠罪或慰問金的正當權利。當然他也由衷認為，幫助認識（瑟蕾絲妲）的人並不需要理由，不過這個與那個是兩回事。

那月聽到古城的嘀咕，納悶地歪著頭。

「哎呀？你這次應該也得了該有的便宜吧……？」

「……我得了便宜？」

什麼意思——古城心想。他心裡自然是完全沒有底。

但雪菜好像就不同了。她似乎突然想起有事情要問，就抬頭對著古城說：

「對了，學長，你好像用了新的眷獸，那到底是——」

「……咦？」

古城全身像生鏽的齒輪一樣定住了。

他動作生硬地轉頭看向雪菜，然後傾盡心思裝蒜說：

「有……有嗎？」

「有。在你和『玄冥神王』戰鬥的時候。」

雪菜的眼神開始令人感到危機。

傳聞中的第四真祖率有十二匹眷獸，但古城還沒有將它們完全掌握。要支配新的眷獸，他就得吸血，而且吸的血要來自夠格當眷獸供品的強大靈媒才行。

雪菜身為第四真祖的監視者，當然知道這一點。假如古城背著監視者偷偷吸血，那就是天大的問題了。

「啊，對了，姬柊，那時候妳是不是說有事情想告訴我？」

古城被雪菜用懷疑的目光逼急了，只好硬是轉移話題。

「是、是啊……不過……那不方便在這裡說……」

沒想到雪菜一下子就動搖了。能不能把事情就此帶過呢——古城在心裡抱著一絲希望。

就在這時，通道忽然變吵了。

「——曉古城，那個耍寶的外國人跟你認識嗎？」

「咦？」

表情莫名傻眼的那月一問，古城才將視線轉過去。

無聲無息地站在那裡的，是個將一身軍裝修改得像忍者裝束的銀髮女騎士。

雖然那月的服裝也很誇張，但是女騎士的穿著更加顯眼。穿白衣的院方人員都盯著古城他們幾個，眼神看似對情況感到挺納悶。

「優……優絲緹娜小姐，妳怎麼會在這裡？」

古城困惑地看著對方。平時應該都暗中保護著夏音的優絲緹娜，不知道為什麼直接現身了。她捧在胸口的是一台大畫面的平板電腦。

「我優絲緹娜・片矢伏擊騎士奉了主君——阿爾迪基亞王國，拉・芙莉亞・立赫班公主之命前來拜訪。古城大人，請看這邊。」

「是、是喔。」

古城糊里糊塗地點頭，視線落到平板電腦的畫面上。

上面顯示著透過網路傳輸的視訊交談影像，有個酷似夏音的銀髮美少女坐在鏡頭前。她穿著參加典禮用的華麗軍裝。

『呵呵，好久不見了，古城。雪菜也平安真是太慶幸了。』

銀髮少女似乎看得見古城等人的身影，便氣質優雅地笑著向他們問候。

意想不到的人物出現，讓古城瞪目結舌。被譽為美麗女神芙蕾雅再世的俏麗少女，北歐阿爾迪基亞皇室的第一公主，拉．芙莉亞．立赫班──

她是一位貌美、高貴、溫柔、聰明且深獲國民擁戴，有如典範一般的公主，但古城其實有點怕她。因為拉．芙莉亞不只絕頂聰明、難以捉摸，偶爾還讓人覺得陰險得可怕。

「拉……芙莉亞……妳為什麼會……！」

『我收到優絲緹娜的報告。原本我應該立刻到你們那邊一起慶祝，可惜無法如願。』

北歐阿爾迪基亞王國的美麗公主說著，抱憾似的垂下視線。

她說的是怎麼一回事呢──雪菜凝望古城。

冷汗流過古城的背脊。

優絲緹娜．片矢伏擊騎士時時都暗中監視著夏音。這樣的她到底目睹過什麼──？

「妳、妳說的報告是──」

『當然是指這段影片了。』

疑似公主隨從的女性照著拉．芙莉亞的指示操作電腦，視訊畫面隨之切換，跟著出現的是經過剪輯的一段錄影畫面。

那是陰暗船艙內的影像。房裡有著成堆的床單、毛巾等日用織品，受傷的古城就坐在空隙間的狹窄通道上。

古城背後是半裸的亞絲塔露蒂，摟在懷裡的則是只穿內衣的夏音。

四周空氣僵凝，古城的意識已經變成空白一片。

「喂……這、這段畫面……難道妳們當時都在偷看嗎！」

『優絲緹娜是能幹的護衛，錄下的解析度和聲音都無可挑剔。』

再度出現在畫面上的拉．芙莉亞略顯得意地微笑著。

古城抱著頭呼天搶地抗議：

「還說什麼護衛，這根本只是偷拍吧！」

『據說這是非法入侵奧爾迪亞魯公名下的船隻後才發生的行為。奧爾迪亞魯公手邊好像也保留了監視器錄到的畫面喔。』

「什麼……！」

古城已經無話可說了。說來也是理所當然，當時古城他們在「深洋之墓二號」船內，像迪米特列・瓦特拉那樣，絕不可能會放過這種有趣的場面。

『夏音是我重要的家人，因此她和你發生關係，我還是該祝福才對。不過，難免會有點嫉妒呢，呵呵。』

拉・芙莉亞用了分不出是說笑或認真的語氣望著古城說道。

她那套感覺有偏差的說詞讓古城強烈不安地回嘴：

「什、什麼叫發生關係……我說啊，拉・芙莉亞……」

『另外，我的祖父和父親有話要轉達給古城——他們說近期內務必要和你見上一面，做好心理準備吧，臭小子。』

「欸，妳父親就是阿爾迪基亞的國王吧！而且他還握有全軍統帥權……！」

『請你要對我和夏音負責喔。』

唔啊啊啊啊啊啊——古城終於尖叫出來。他連拉・芙莉亞機靈地把自己也算在內的厲害口才，都沒有心思去注意了。古城不了解為什麼自己明明什麼虧心事都沒做，卻要被人逼到這種地步。

「那、那算是一種捐血的形式啦——叶瀨，妳也幫我說句話。」

只要讓另一個當事人說明，拉・芙莉亞肯定也會諒解那屬於醫療行為。如此相信的古城喚了夏音，她卻好像不太清楚狀況，露出和平時一樣含蓄的微笑後便看似害羞地垂下視線。

「我……我無才無德，請大哥包涵。」

「不對啦！我不是叫妳說那個！」

為什麼夏音現在又搬出那套台詞——古城陷入絕望了。

雪菜傻眼地望著心慌的古城，微微發出嘆息。

真拿這個吸血鬼沒辦法——她那張略顯同情的臉似乎有意這麼說。

「姬柊——」

古城用得救般的眼神看向雪菜。

他想起最後將邪神擊落時，和雪菜共有的一體感。

雪菜對古城受傷還有他打算用新眷獸拯救瑟蕾絲妲的事都知情。這就表示這一次到了最後，古城大概還是只能靠雪菜。

雪菜回望古城求助般的眼睛，點點頭表示她都明白。

「沒關係，因為我知道學長就是這麼隨便的吸血鬼。」

為什麼啦——古城朝窗外大叫。

邪神的威脅一過，世界最強吸血鬼「第四真祖」的煩惱又加深了一些。

「魔族特區」的和平夜晚漸漸變深——

後記

離前一集上市間隔了一段時日，大家好久不見。

就這樣，已向各位奉上《噬血狂襲》第十集。

這次仍因襲過去的噬血狂襲，同時也稍微調整了作風，目標是讓以往不太能寫到的角色在故事裡活躍。比方說加坎、吉拉、深洋之墓二號的千金小姐軍團，還有妮娜和優絲緹娜小姐，總之這群為所欲為的人似乎都各自適應了紘神島的生活，太好了。

在這集無法直接描寫到的「混沌境域」發生的事，將來或許也會用那邊的觀點來敘述。某國公主也隱約豎起了再次亮相的旗子，敬請各位適度地期待等候。

這次的遺珠之憾，大概是古城和雪菜獨處的場面描寫得不太夠吧。我倒想多看一下，他們在少了凪沙的公寓裡會聊些什麼。

還有，我收到了希望解釋「魔力」和「靈力」在作品中如何區分的要求。這兩種力量只是由人類擅自做了分類，如果解讀成從另一個高次元空間導出的能量，兩者其實都可以互通。只是在能量性質方面是設定成剛好相反的作用，同樣位相的魔力和靈力一衝突就會相互消滅。魔法及咒術，分別是用來將魔力或靈力從高次元空間導出的技術。像魔族或巫女那樣，也有人在體質上是天生就擁有操縱魔力或靈力的回路。雖然還有一些例外和被混淆的部分，大致上就是如此。計較細節就沒趣了。

相對的，神氣（或者負面性質的神氣）則是直接存在於高次元空間的能量，人類或魔族並沒辦法操控。這次的「敵人」再不堪，好歹也是神，就算形態不完整也能駕馭神氣。

像這樣關於作品內容的問題，我基本上都會忍痛忽略（為避免破梗），不過要是有讀者認為透露也無妨，只要我收到詢問，或許就會像這樣（在大家都忘記的時候）提出來解釋。主要是為了替後記填空啦……

那麼，在本作上市時一同播出的ＴＶ動畫「噬血狂襲」，不知道各位讀者有沒有收看。感想如何呢？蒙傑出的製作班底之澤，我個人覺得這應該是原作讀者也能看得愉快的作品。許多觀眾更是藉動畫認識作品後才試著閱讀原作，真是再慶幸不過了。發售中的藍光光碟及ＤＶＤ裡也附了我寫的短篇作品，請大家有機會務必拿到手看看。

另外在《月刊コミック電擊大王》上也連載了漫畫版《噬血狂襲》，單行本也已經發售。一直很感謝負責漫畫的ＴＡＴＥ老師，請您繼續惠賜指教！（註：以上為日本出版情形）

還有負責插畫的マニャ子老師，受您關照了。我每次都很中意《噬血狂襲》的封面，不過這次特別來電，像清潔感還有透明感還有火辣感的部分。這次亮相的新角色們也都帥氣又可愛，太令人滿意了。真的萬分感謝你。

來到最後，我要向所有和製作、發行本書（以及在出版日程上被我添了困擾）的相關人士致上由衷謝意。

當然，對於讀完本書的各位讀者，我也要致上最高的感謝。

那麼，希望我們能在下一集再見。

三雲岳斗

Kadokawa Light Novels

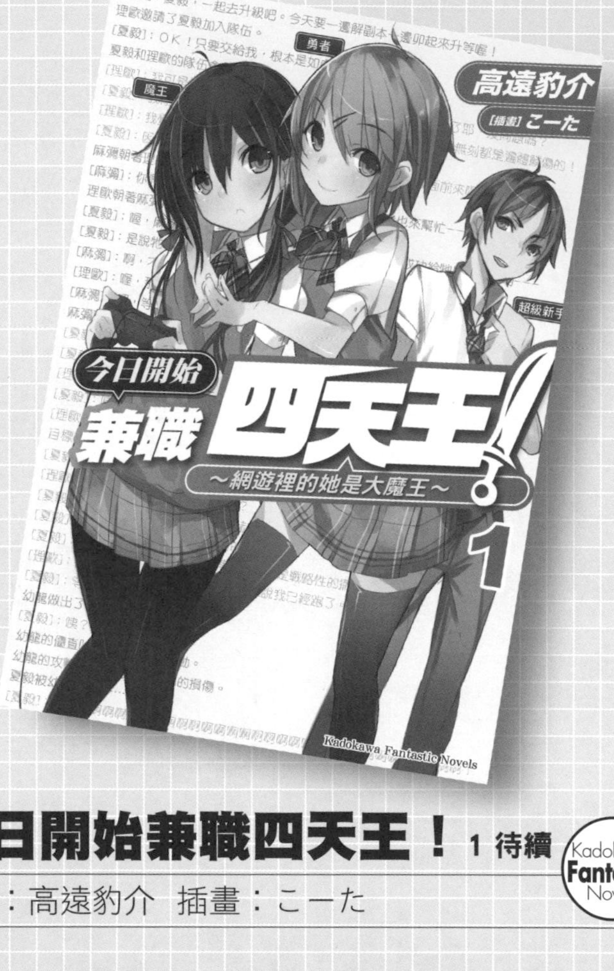

今日開始兼職四天王！ 1 待續

作者：高遠豹介　插畫：こーた

勇者（校園偶像）VS.魔王（青梅竹馬），為了阻止兩人戰鬥，我只好開始兼職四天王……？

初島理央開始了網路遊戲「勇魔戰爭ONLINE」，成為校園偶像的勇者宇留野麻未之親衛隊。後來他意外得知青梅竹馬早坂亞梨沙是魔王！於是又偷偷創新角，成為保護魔王的四天王。為了守護可愛的勇者＆魔王，理央必須一人分飾兩角，妨礙兩人戰鬥……？

NT$200/HK$60

台灣角川

Kadokawa Light Novels

4
支倉凍砂
插畫 鍋島テツヒロ
ISUNA HASEKURA
夢沉抹大拉
MAGDALA
MAY YOUR SOUL REST IN
Kadokawa Fantastic Novels

夢沉抹大拉 1~4 待續

作者：支倉凍砂　插畫：鍋島テツヒロ

在流傳著龍的傳說的城市中，
庫斯勒被迫做出一個重大的決定！

追求新天地的庫斯勒一行人跟隨克勞修斯騎士團，進入改信正教的異教徒城市卡山。他們在騎士團插手干涉前，大量網羅翻閱了留存在城市裡的文獻，因此發覺卡山流傳著關於龍的傳說。他們以為將展開平穩的生活，然而此時，殘酷的命運降臨到他們身上——

各 **NT$200/HK$60**

台灣角川

Kadokawa Light Novels

KAGEROU DAZE陽炎眩亂 1~5 待續

作者：じん（自然の敵P）　插畫：しづ

講述KANO、KIDO、SETO三人的心酸過往……
動畫超人氣VOCALOID樂曲原創小說第五集登場！

投稿樂曲相關動畫播放數超越2500萬的超人氣創作團隊「KAGEROU PROJECT」所推出的原創輕小說！串連所有相關樂曲的故事首次揭曉，引來更深的「謎團」！——這一切都是發生在八月十四日、十五日的事。全新感覺的燦爛青春娛樂小說！

台灣角川

各 **NT$180~200/HK$55~60**

國家圖書館出版品預行編目資料

噬血狂襲 10 玄冥神王的新娘 / 三雲岳斗作；
鄭人彥譯. --初版. -- 臺北市：臺灣角川, 2014.11
面； 公分

譯自：ストライク・ザ・ブラッド 10 冥き神王の花嫁

ISBN 978-986-366-214-3(平裝)

861.57 103019835

Kadokawa
Fantastic
Novels

噬血狂襲 10
玄冥神王的新娘

（原著名：ストライク・ザ・ブラッド 10 冥き神王の花嫁）

2014年11月27日 初版第1刷發行
2020年1月10日 初版第4刷發行

作　者：三雲岳斗
插　畫：マニャ子
日版設計：渡邊宏一
譯　者：鄭人彥

發行人：岩崎剛人
總經理：楊淑媄
資深總監：許嘉鴻
總編輯：蔡佩芬
編　輯：孫千棻
美術設計：黃永漢
印　務：李明修（主任）、張加恩（主任）、張凱棋

發行所：台灣角川股份有限公司
地　址：105台北市光復北路11巷44號5樓
電　話：（02）2747-2433
傳　真：（02）2747-2558
網　址：http://www.kadokawa.com.tw
劃撥帳戶：台灣角川股份有限公司
劃撥帳號：19487412
法律顧問：有澤法律事務所
製　版：巨茂科技印刷有限公司
ISBN：978-986-366-214-3